삶과 죽음의 시

삶과 죽음의 시

아모스 오즈 장편소설 • 김한영 옮김

다음은 가장 흔히들 묻는 질문이다. 당신은 왜 글을 쓰는가? 왜 그런 글을 쓰는가? 독자들에게 영향을 미치려고 노력하는가? 노력한다면, 어떤 방법으로? 당신의 책들은 어떤 역할을 하는가? 당신은 끊임없이 지우고 수정하는가, 아니면 생각나는 대로 단번에 써 내려가는가? 유명한 작가가 되니 어떤가? 그것이 당신 가족에게 어떤 영향을 미치는가? 왜 주로 부정적인 면들을 묘사하는가? 다른 작가들을 어떻게 생각하는가? 당신에게 영향을 끼친 작가는 누구이며, 도무지 참을 수 없는 작가는 누구인가? 그렇다면 당신 자신에 대해서는 어떻게 생각하는가? 당신을 공격하는 사람들에게 어떻게 대응할 참인가? 그러한 공격이 당신에게 어떤 영향을 주는가? 펜으로 쓰는가, 컴퓨터로 쓰는가? 책 한 권을 낼 때마다 대략 얼마를 버는가? 이야기의 소재는 상상으로 지어내는가, 삶에서 직접 끌어오는가? 책 속의 여성 인물들에 대해 전처는 어떻게 생각하는가? 당신은 왜 첫 번째 아내와, 또 두 번째 아내와 헤어졌는가? 정해진 시간에 쓰는가, 영감이 올 때 쓰는가? 작가로서 정치적 의무감을 느끼는가? 만일 그렇다면 당신의 정치적 지향은 무엇인가? 당신의 책들은 자전적인가, 완벽히 허구인가? 그리고 무엇보다, 창작 예술가로서 당신의 사생활은 소설처럼 따분하고 무감각한가? 아니면 당신에 대해 우리가 알지 못하는 면들이 있는가? 작가이고 예술가인 사람이 어떻게 회계사 일을 하면서 살 수 있는가? 그건 단지 밥벌이일 뿐인가? 회계사로 일하는 것이 당신의 영감을 고갈시키지는 않나? 아니면 또 다른 삶, 책으로 내는 것과는 무관한 삶을 사는가? 오늘 저녁에 아주 약간이나마 힌트를 줄 수는 없겠는가? 그리고 부탁하건대, 신작에서 정확히 무엇을 말하고 싶었는지, 간략히 당신 자신의 언어로 말해 줄 수 없겠는가?

❧

영리한 대답이 있고 둘러대는 대답이 있다. 간단하고 솔직한 대답은 없다.

그래서 저자는 문학의 밤이 열릴 슈니아쇼르 문화회관에서 서너 블록 떨어진 작은 카페에 자리를 잡으려 한다. 카페 내부는 무기력하고 우중충하고 숨이 막힐 듯하지만, 지금은 오히려 그편이 그에게 잘 어울린다. (그는 어떤 모임이든 30~40분 전에 도착하고, 그래서 뭔가 할 일을 찾아내 그 시간을 때워야 한다.) 지친 웨이트리스가 짧은 치마에 봉긋한 가슴을 하고 다가와 행주로 그가 앉은 식탁을 슬쩍슬쩍 문지른다. 하지만 다 닦은 뒤에도 포마이카는 여전히 끈적거린다. 아마도 행주가 깨끗하지 않아서?

그러는 사이 저자는 그녀의 다리를 훑어본다. 발목이 약간 두꺼운 편이지만 맵시 있고 매력적인 다리다. 다음으로 그녀의 얼굴을 훔쳐본다. 양 눈썹이 미간에서 만나고 머리는 말끔히 넘겨 빨간 고무 밴드로 묶은, 상냥하고 밝은 얼굴이다. 저자는 땀과 비누 냄새, 지친 여자의 냄새를 감지한다. 치마 너머로 속옷의 윤곽이 드러난다. 그의 눈은 어렴풋이 식별 가능한 그 형태에 고정된다. 왼쪽 궁둥이가 약간 도드라져 올라간 경미한 비대칭이 그를 흥분시킨다. 그녀는 자신의 다리, 엉덩이, 허리를 더듬는 그의 시선을 알아차리고, 역겨움과 애원이 뒤섞인 표정을 지어 보인다. 제발, 날 그냥 내버려 둬요.

❦

저자는 점잖게 시선을 거두고, 오믈렛, 샐러드와 롤빵, 커피를 주문한 다음, 담뱃갑에서 담배를 꺼내 불을 붙이지 않은 채 왼손 검지와 중지 사이에 끼우고 왼 손바닥에 턱을 괸다. 상당히 〈세련된〉 모습이지만 웨이트리스에게 감동을 주지는 못한다. 그녀는 이미 플랫 슈즈의 뒷굽을 디디며 휙 돌아서서는 테이블 칸막이 너머로 사라졌다.

주문한 오믈렛을 기다리는 동안 저자는 웨이트리스의 첫사랑을 상상한다(웨이트리스의 이름을 리키로 정한다). 리키는 불과 열여섯 살에 브네이 예후다 축구팀의 후보 골키퍼 찰리와 사랑에 빠졌다. 어느 비 오는 날 찰리는 그녀가 일하는 미용실 앞에 란치아[1]를 몰고 나

---

1 Lancia. 스포츠카로 유명한 이탈리아의 자동차 브랜드. 1969년 피아트에 인수되었다.

를 먼저 만났어. 루시와 난 헤어질 수가 없어. 우린 그저 말다툼을 좀 했을 뿐인데 어쩌다 보니 한동안 서로를 보지 못했어. 하지만 이젠 다시 만날 거고 변하지 않을 거야. 루시가 전하라더군, 자긴 너에게 화나지 않았다고, 나쁜 감정은 없다고, 알지, 고곡? 얼마 후면 너도 차츰 이 일을 이겨 낼 거고, 네게 더 잘 맞는 사람을 만날 거야. 사실 너는 충분히 더 좋은 사람을 만날 수 있어. 최고의 남자를 만나도 아깝지 않아. 그리고 고곡, 가장 중요한 건, 너와 난 서로 좋은 감정만 간직하는 거야, 안 그래?

❧

결국 리키는 은 스팽글 드레스는 사촌에게 줘버렸고 비키니는 서랍 깊숙이 반짇고리 뒤편으로 추방했다. 그렇게 비키니는 기억에서 지워졌다. 남자들은 어쩔 수 없어, 그렇게 생겨 먹은걸. 하지만 그녀가 보기에 사실 여자들이라고 썩 나은 것 같지도 않고, 그래서 사랑은 어떻게든 항상 나쁜 쪽으로 결말이 나는 듯하다.

찰리는 오랫동안 브네이 예후다 팀에서 뛰지 않았다. 지금 그는 아내와 세 아이를 둔 가장으로, 홀론에서 태양열 온수기를 만드는 공장을 운영하고 있다. 사람들 말로는 점령 지구와 키프로스에 도매로 수출까지 한다고 한다. 그런데 루시는 어떻게 됐을까? 그 삐쩍 마른 다리를 하고서? 그녀는 결국 어떻게 되었을까? 찰리는 그녀도 이용할 대로 이용해 먹고 차버렸을까? 그녀의 주소나 전화번호를 안다면 참 좋을 텐데. 용기만 있다면 그녀를 찾아볼 텐데. 만나서 같이 커피를 마실 수도 있잖아. 얘기도 하고. 잘하면 둘이 친구가 될 수도 있어. 참 이상해. 그 남자한테는 더 이상 미련이 없는데 그녀가 조금 걱정되다니. 그는 전혀 생각도 안 나고 경멸하고 자시고 할 것도 없는데, 그녀는 가끔 생각이 나. 아마 그녀도 나와 처지가 비슷해졌을 테니까? 찰리는 그녀도 침대에서 고곡이라 불렀을까? 웃으면서 코끝을 그녀의 입술 사이에 대고 비볐을까? 자신의 손으로, 천천히, 부드럽게, 그녀의 몸이 어떻게 생겼는지 알려 줬을까? 그녀를 찾을 수만 있다면 그런 얘길 좀 해볼 텐데, 어쩌면 친구가 될 수도 있을 텐데.

우정은 남자와 여자 사이에, 특히 전기가 통할 때, 끼어들 수 있는 게 아니다. 그리고 전기가 통하지 않으면 남녀 사이에는 아무것도 생겨나지 않는다. 하지만 두 여자, 특히 남자에게서 고통과 실망을 겪은 두 여자, 무엇보다 한 남자 때문에 고통을 겪은 두 여자라면 얘기가 다르다. 언젠가 시간을 내서 루시를 찾아볼까?

◦◦

　가까운 테이블에 남자 둘이 앉아 있고, 둘 다 50대로 보인다. 두 남자는 바쁜 일이 없는 듯하다. 힘 있어 보이는 쪽은 체격이 떡 벌어지고 머리가 완전히 벗어진 것이, 영화에 나오는 갱단의 심복처럼 생겼다. 작은 쪽은 지치고 초라해 보이며 태도가 부산하고 표정은 한결같이 감탄이나 공감을 내비친다. 저자는 담배에 불을 붙이면서, 작은 사람은 틀림없이 무슨 판매 사원이고, 분명 헤어드라이어 외판원일 거라고 확신한다. 그리고 둘 중 왕초의 이름은 미스터 레온이고, 아첨꾼은 슐로모 호우기일 거라고 짐작한다. 그들은 이른바 성공을 주제로 대화를 나누는 중이다.
　갱단의 심복이 말한다. 「게다가, 인생에서 뭔가를 이룰 때쯤이면 다 끝나 버린다니까.」 그의 짝패가 말한다. 「자네 말에 전적으로 동의하네. 자네 말에 반대하는 건 절대 아니지만, 그저 먹고 마시기 위해 사는 것이

인간으로서 가치 있는 삶은 아닐 거야. 자네도 분명 그렇게 생각하겠지? 인간에겐 어느 정도 영성이 필요해. 유대교에서 말하는 〈특별한 영혼〉 말이야.」

「또 시작이군.」 왕초의 대꾸에는 차가움과 일말의 역겨움이 묻어난다. 「항상 애매한 횡설수설을 늘어놓는단 말이야. 자넨 기회만 나면 뜬구름을 잡아. 어디 실생활에서 예를 한두 개만 들어봐. 그러면 알아듣기가 훨씬 쉬울 테니까.」

「좋아, 물론이지. 하잠을 예로 들겠네. 이스라텍스에서 일했던 오바디야 하잠이란 남자, 기억하나? 2년 전에 50만 달러짜리 복권에 당첨되자 이혼하고, 방탕하게 살고, 집 옮기고, 투자하고, 어중이떠중이한테 담보도 없이 돈 빌려 주고, 당에 가입해 기관장이 되려고 책략을 쓰고, 왕처럼, 아니 하느님처럼 떵떵거리며 살았지. 그러다 결국 간암에 걸려 위독한 상태로 이킬로브 병원으로 실려 가지 않았나?」

미스터 레온은 얼굴을 찡그리고 따분한 어조로 말한다. 「나도 잘 알지. 오바디야 하잠. 그 친구 아들 결혼식에도 갔었어. 공교롭게도 난 오바디야 하잠 일을 개인적으로 잘 알고 있네. 그는 돈을 여기저기, 좋은 일에나

재미 보는 일에나 마구 뿌려 댔지. 파란색 뷰익에 러시아 금발 미녀들을 태우고 하루 종일 시내를 쏘다녔어. 항상 투자자, 실업가, 보증인, 돈줄, 동업자 등을 찾아다니더군. 불쌍한 사람. 하지만 그거 아나? 우리 대화에 그 사람 얘기는 끌어들이지 않는 게 좋아. 적당한 예가 아니거든. 이보게, 암은 나쁜 생활 습관 때문에 걸리는 게 아니라네. 암은 먼지나 신경과민 때문에 발생한다고 과학자들이 밝혀냈다네.」

❧

저자는 오믈렛을 절반 가까이 남긴다. 커피를 몇 모금 홀짝거리자 커피에서 탄 양파와 마가린 맛이 느껴진다. 시계를 흘끗 본다. 그런 다음 그는 돈을 지불하고 리키에게 감사의 표시로 미소를 지으며 그녀가 찾을 수 있도록 찻잔 받침 밑에 잔돈을 숨긴다. 이번에는 멀어지는 그녀를 빤히 쳐다보지 않으려고 조심한다. 비록 그녀의 등과 엉덩이에 감사의 뜻이 담긴 작별의 시선을 보내긴 했지만. 그녀의 치마 밑으로 왼쪽 팬티 선이 오른쪽보다 살짝 올라간 것이 보인다. 좀처럼 눈을 뗄 수 없다. 결국 그는 나가려고 일어서다가, 마음을 바꿔 두 계단 아래에 있는 창문 없는 화장실로 향한다. 떨어진 전구, 벗겨진 회반죽, 어둠 속에서 진동하는 오줌 냄새가 그는 아직 모임에 갈 준비가 되지 않았고 청중의 질문에 어떻게 답해야 할지 전혀 모르고 있음을 상기시킨다.

화장실에서 나와 보니 미스터 레온과 슐로모 호우기는 어느새 의자를 가깝게 붙여 놓고 나란히 앉아 메모장을 굽어보고 있다. 덩치 큰 남자는 두꺼운 엄지손가락으로 천천히 수열들을 짚어 가면서, 마치 뭔가를 최종적으로 확실하게 제하려는 것처럼 힘이 실린 목소리로 낮게 중얼거리며 연신 고개를 가로젓고, 순종적인 동반자는 그 옆에서 끊임없이 고개를 끄덕인다.

❧

저자는 거리로 나서 새 담배에 불을 붙인다. 9시 20분, 무덥고 끈적이는 밤이다. 생기를 잃은 대기가 매연과 연소된 휘발유를 흠뻑 머금은 채 거리와 마당에 무겁게 깔려 있다. 이 숨 막히는 밤, 이킬로브 병원에 위독한 상태로 누워 있다면 얼마나 끔찍할까, 그는 생각한다. 주삿바늘을 꽂고 튜브를 매단 채 땀에 젖은 시트를 덮고 길게 늘어선 호흡 보조 기구가 내는 천식에 걸린 듯한 소음을 듣고 있다면……. 그는 오바디야 하잠을 상상한다. 병들기 전 그는 활동적인 사람이었다. 항상 돌아다녔고, 사방으로 뛰어다녔고, 육중한 체격이었지만 무용수처럼 움직임이 날렵했고, 파란 뷰익을 몰고 온 시내를 돌아다녔고, 비서, 친구, 조언자, 젊은 여자, 투자자, 모사꾼, 돈을 노리는 사람, 아이디어와 참신한 생각을 가진 사람, 부탁할 게 있는 사람, 온갖 종류의 해결사와 중개인들에 항상 둘러싸여 있었다. 그는 하루 종일 사람들의 등을 철썩 때리고, 남자든 여자든 죄다 자신의 널찍한 가슴에 껴안고, 그들의 가슴에 장난스럽게 주먹을 날리고, 명예를 걸고 맹세하고, 놀라움을 표하고, 커다랗게 웃음을 터뜨리고, 충고와 비난과 저속한 농담을 던지고, 너무나 감동적이라고 말하고, 까짓것 잊어버리라고 소리치고, 성경 구절을 인용하고, 때때로 감상의 물결에 휩싸이고, 그런 다음 예고 없이 남자에게나 여자에게나 무차별로 키스와 열렬한 애무를 퍼붓고, 쓰러질 기세로 무릎을 꿇고, 갑자기 눈물을 흘리고, 부끄러워하면서 씩 웃고, 또다시 키스하고 애무하고 포옹하고 눈물 흘리고 깊숙이 절하며 절대 잊지 않겠다고 약속하고, 그런 다음 숨을 몰아쉬고 미소를 짓고 손을 펼쳐 보이며 작별 인사를 하고 서둘러 떠났다. 그럴 때면 한 손가락에는 항상 뷰익 열쇠가 걸려 있었다.

❦

오바디야 하잠이 누워 있는 말기 환자 병동의 창문 너머에선 구급차 사이렌 소리, 날카로운 브레이크 소리, 병원 입구 택시 정류장의 시끄러운 라디오에서 귀를 찢을 듯이 거칠게 흘러나오는 광고들이 어둠 사이사이에 구두점을 찍는다. 숨을 쉴 때마다 오줌, 진정제, 먹다 남은 음식물, 땀, 스프레이, 염소, 약물, 더러워진 붕대, 배설물, 비트 샐러드, 소독약 냄새 등이 칵테일처럼 뒤섞인 더러운 공기가 그의 폐로 들이닥친다. 〈슈니아쇼르와 채석장 공격의 일곱 희생자〉라는 새 이름으로 불리는, 오래된 문화회관의 창문을 모두 활짝 열어봐야 아무 소용도 없다. 에어컨은 고장 났고 공기는 답답하고 숨이 막힌다. 청중은 땀으로 흠뻑 젖었다. 어떤 사람들은 친구를 만나 통로에 서서 잡담을 나눈다. 다른 사람들은 딱딱한 좌석에 앉아 있다. 나이 많은 단골

구치는 애정과 너그러운 존경심이 뒤섞인 유대를 형성하기 시작한다. 어찌 됐든 자네와 난 각자 자신의 전투 구역에서 지칠 줄 모르고 가치관과 문화와 사상을 장려하기 위해, 그리고 문명의 성벽을 튼튼히 하기 위해 투쟁하고 있지 않은가. 그러니 여기, 무대 뒤에서 잠시 우리끼리 마음 편하게 가벼운 농담 정도는 주고받아도 되겠지. 그리고 2~3분 뒤면 우리는 무대에 어울리는 진지한 얼굴을 하고 강당으로 걸어 들어가 연단 앞에 서야 하네.

❧

자, 자, 자, 어서 오게, 나의 젊은 친구, 어서 오라고, 우린 목이 빠지게 자넬 기다리고 있었네, 신랑을 기다리듯이 말이야, 히히, 뭐랄까, 자넨 약간씩 늦는 편이군. 뭐라고? 카페에 틀어박혀 있었다고? 뭐, 어떤가, 그렇다고 세상이 끝나는 것도 아니고, 여기선 다들 항상 늦으니까. 할례에 늦은 할례 시술자에 관한 농담 들어 봤겠지? 못 들어 봤다고? 내가 말해 줌세. 나중에. 꽤 긴 이야기거든. 그런데 드루야노브의 책에도 나오지. 드루야노브 알지? 모른다고? 어떻게 그럴 수가? 유대인 작가가! 드루야노브, 랍비 알터 드루야노브, 『농담과 재담의 책』을 쓴 저자를! 그 책은 유대인 작가에겐 노다지 금광이라네! 아무렴 어떤가, 신경 쓰지 말게. 사람들이 죄다 목이 빠지게 우릴 기다리고 있다네. 드루야노브 얘긴 나중에 하세. 꼭 하자고. 잊지 말고 자네가 먼저 말하게나. 난 요즘 농담과 재담의 중요한 차이에 대해 나름대로 생각 중이라네. 자, 그것도 나중에. 어쨌든 조금 늦게 왔으니, 친구. 그래도 걱정하지 말게, 세상이 끝나는 것도 아니고, 우리가 염려한 건 그저 혹시라도 뮤즈가 자네 마음에서 우릴 아예 몰아내 버리진 않았나, 하는 거였지. 하지만 우린 희망을 버리지 않았어! 절대로 아니지, 존경하는 친구! 우린 그렇게 나약하지 않다네!

저자는 먼저 늦어서 미안하다고 사과하고 짤막한 재담을 중얼거린다. 내가 없어도 시작할 수 있었을 텐데요. 히히히. 자네 없이! 그것 참 재미있군! 늙은 문화 장사꾼이 웃음을 터뜨리자 그의 몸에서 유통기한이 지난 과일 냄새가 풍겨 나온다. 자네 말이 맞다 치면, 자네도 우리 없이, 다른 곳에서 새로 시작할 수 있었을 테지? 그나저나, (둘 다 계단을 오르는 도중에 숨이 찬다) 자넨 그 여우 같은 미국인들이 자기네 아랍 친구들에게서 뭘 얻어 낼 거라 생각하나? 마침내 우리한테 약간의 평화와 안식을 가져다줄까? 최소한 한두 해 동안이라도?

그는 자신의 질문에 스스로 답한다. 아무것도 얻어 내지 못할 거야. 그저 우리에게 더 큰 문제들을 안겨 주겠지. 마치 지금의 문제들만으로는 충분하지 않은 것처럼 말이야! 주스 마시겠나? 레모네이드? 알싸한 소다수? 빨리 말하게. 좋아, 내가 골라 주겠네. 자, 오늘 밤 우릴 알싸하게 만들어 주길 바라네.

마시게, 시간 있을 때. 그런 다음 청중을 맞으러 나가야지. 내 개인적인 의견으로는, 청중은 강하게 흔들어 주는 걸 좋아한다네. 그러니 친구, 마음껏 흔들게나. 아끼지 말고! 좋아, 다 마셨으면 이제 슬슬 나가 볼까? 지금쯤 우릴 욕하고 있을 거야.

저자와 늙은 문화 장사꾼, 두 사람은 무대 뒤에서 일렬종대로, 마치 한 쌍의 법정 집행관처럼 엄숙하고 진지한 표정을 짓고 무대 앞으로 걸어 나간다. 어수선한 속삭임이 강당 전체로 빠르게 퍼져 나간다. 아마 저자가 반팔 티셔츠와 카키색 반바지 차림에 샌들을 신고 있어, 예술가라기보다 평화 대회를 조직하기 위해 시골에 파견된 키부츠 회원이나 평복을 입은 예비군 장교처럼 보이기 때문이리라. 사람들 말로는 사생활에서 저자는 아주 소박한 사람이고, 그러니까 개인적으로 만나 보면 우리와 똑같은 사람이라고 하는데, 그가 지어내는 복잡하고 까다로운 책들을 보면 그는 아마 힘겨운 유년을 보냈던 모양이야. 저런 사람과 함께 살면 어떨지 알아보는 것도 흥미롭겠어. 책으로 판단하건대, 그리 쉽진 않을 거야. 이혼했다고 하지 않았나? 아닌가? 한 번이 아니라 두 번이라고? 그의 책을 보면 알수 있어. 아니 땐 굴뚝에 연기 나는 법은 없으니까. 어쨌든 사진하고는 완전히 다르게 생겼는데? 나이가 꽤들었어. 얼마쯤 된 거 같아? 분명히 마흔다섯 정도는 됐을 거야, 안 그래? 적어도 마흔다섯은 넘어. 사실 말이야, 하늘에 걸고 맹세할 수 있는데, 예전엔 키가 더 컸다니까.

•◦

그들은 저자를 한가운데, 즉 저자의 책에서 발췌한 구절들을 큰 소리로 읽을 전문 낭독자와 문학 평론가 사이에 세운다. 세 사람은 악수를 하고, 고개를 끄덕여

인사를 나눈다. 로셸 레즈닉은 그의 손에서 자신의 손
가락들을 불에 덴 듯 재빨리 빼낸다. 저자는 악수할 때
그녀의 가는 목이 뺨보다 더 붉게 물들었다는 사실을
마음에 새긴다.

　문화국장은 걸음을 무겁게 옮기고, 마이크를 점검하
고, 목청을 가다듬는다. 그는 오늘 밤 이곳에 모인 남녀
노소 청중들을 환영한다는 말로 서두를 푼다. 그는 에
어컨이 고장 난 것을 사과하고, 괴로움이 있으면 즐거움
도 있다고 둘러댄다. 그래서 에어컨 고장은, 특히 이번
경우, 우리는 지독한 소음을 견딜 필요가 없고 그래서
한 단어도 놓치지 않을 수 있음을 의미한다고 말한다.

　다음으로 그는 오늘 밤에 진행될 프로그램을 열거하
고, 이 행사의 끝은 질의응답으로 마무리될 터인데, 오
늘의 초대 손님과 무제한으로 토론하는 형식이 될 것
이라고 약속한다. 그는 매우 기쁜 표정으로, 우리의 손
님을 소개하는 것은 정말 불필요한 일이지만, 그럼에
도 그가 이 자리에 나와 있는 이유를 납득시키기 위해
10분 동안 저자의 인생 이야기와 모든 저작을 나열하
고(실수로 다른 작가의 유명한 소설 한 편을 그의 작품
으로 소개한다), 방금 전 계단에서 저자가 했던 재담을

자신의 괄괄한 어투로 청중에게 되풀이하는 것으로 인사말을 마감한다. 오늘 밤 우리의 신랑은 우리가 그 없이 행사를 시작하지 않고 기다린 것을 알고 놀라워했습니다, 히히! 이와 관련하여, 중견 시인 체파니아 베이트할라크미의 책 『삶과 죽음의 시』에 나오는 잘 알려진 구절을 인용하는 것도 나쁘지 않을 듯하군요.

언제 보아도 그들은 나란하다.
신부 없이는 신랑도 없으리니.

그렇습니다. 이제, 여러분이 허락하신다면, 오늘 밤의 프로그램을 진행할까 합니다. 안녕하세요, 여러분. 새로 개조한, 슈니아쇼르와 채석장 공격의 일곱 희생자 문화회관에서 개최하는 좋은 책 클럽의 월례 모임에 오신 것을 환영합니다. 좋은 책 클럽이 지난 11년 반 동안 이곳에서 매달 정기적으로 모임을 개최한 것을 저는 대단히 기쁘게 생각합니다.

❦

그 말에 귀를 기울이면서 저자는 미소를 짓지 않기

로 결심한다. 그는 생각에 잠겨 어렴풋이 슬픈 표정을 짓는다. 청중의 눈길이 그에게 쏠리지만, 겉으로는 전혀 신경쓰지 않는 척하고, 의도적으로 연단 오른쪽 벽에 걸린 노동당 지도자 베를 카츠넬손[4]의 사진에 시선을 고정한다. 카츠넬손은 마치 자기만 아는 우회적인 방법으로 어떤 결론에 도달했다는 듯 교활하고도 온화한 표정을 짓고 있다. 그는 지금 왕이고, 하느님이다. 저자는 문화국장의 개막 연설이 끝날 때부터 청중이 줄곧 기다려 온 희미한 미소를 뒤늦게 지어 보인다.

❧

그 순간 강당의 후미진 구석 어딘가에서 누군가가 불쾌하게 킬킬거리고 있는 듯한 기분이 든다. 저자는 강당을 훑어보지만 아무것도 찾지 못한다. 아무도 방금 웃은 사람처럼 보이지 않는다. 잘못 들은 게 분명하다. 비로소 그는 탁자에 팔꿈치를 올리고 두 주먹에 턱을 괸 채 겸손하면서도 꿈꾸는 듯한 표정을 짓는다. 이번에는 문학 평론가가 자리에서 일어나, 천장의 불빛을

4 Berl Katznelson(1887~1944). 20세기 초 시온주의 세력의 팔레스타인 정복과 식민지화 정책에 반대한 노동 운동 지도자. 노동당 기관지 「다바르」를 창간했다.

받아 드문드문 반점이 난 대머리를 반짝거리며 귀에 거슬리는 목소리로 저자의 최근작과 다양한 동시대 작가들 및 이전 세대 작가들이 쓴 작품들을 비교 분석하고, 작품에 영향을 미친 요소들을 추적하고, 영감의 원천들을 확인하고, 숨은 구조를 밝히고, 작품의 다양한 층위와 측면을 지적하고, 예기치 않은 연결 고리들을 강조하고, 이야기의 핵심으로 뛰어들어 심해의 바닥을 파헤치고, 헐떡이면서 다시 수면으로 올라와 바다 밑에서 어렵사리 건져 올린 보물들을 세상에 내보이고, 다시 잠수했다가 수면으로 올라와서는 감춰진 메시지를 드러내고, 이중부정 전략이나 줄거리 속에 숨겨진 덫이나 함정 같은, 저자가 사용한 계략과 장치들을 폭로하고, 그런 다음 신뢰성의 문제로 넘어가 서술적 권위에 관한 근본적인 문제를 제기하고, 다음으로 사회적 모순의 차원, 그리고 사회적 모순과 자기모순의 애매한 경계를 언급하면서 적합성의 한계, 관례적인 분류, 상호 텍스트적 맥락에 관한 문제들을 제기하고, 이어서 형식주의적 양상들, 의고조 양상들, 현시대의 정치적 양상들로 넘어간다. 이 다양한 잠재 양상들은 적합한가? 심지어 일관성을 유지하는가? 공시적인가, 통시적인가? 불협

화음인가, 다성악인가? 근본적인 문제를 피해 가는 영리한 우회로를 제시해 청중에게 감명을 준 다음, 마침내 평론가는 닻을 올리고 광범위한 의미의 대해로 대담하게 나아간다. 일반적인 예술 창작 그리고 특히 문예 창작과 관련하여, 그리고 우리가 오늘 밤 고찰하고 있는 이 작품과 관련하여 〈의미〉라는 말의 실질적 의미는 무엇일까?

다 부질없는 짓이다.

이 무렵 저자는 늘 써먹는 그만의 기술에 푹 빠져 있다. 그는 양 손바닥을 관자놀이에 댄 채(하급 외교관이었던 부친에게서 배운 자세다) 듣기를 중단하고 강당을 둘러보기 시작한다. 그는 이쪽에서 씁쓸한 표정을 훔쳐보고, 저쪽에서 음란한 표정 혹은 애처로운 표정을 훔쳐보고, 꼬았던 다리를 풀었다가 다시 막 다리를 꼬려 하는 모습을 포착하고, 덥수룩한 흰머리나 기대에 찬 열띤 얼굴을 발견하고, 가슴골로 흘러드는 땀줄기를 간파한다. 저쪽 멀리, 비상구 옆에 창백하고 마르고 지적인 얼굴이 보인다. 예시바[5]를 중퇴하고, 뭐랄까, 기성 사회의 적이 된 학생의 얼굴이다. 그리고 이쪽 세 번

5 *yeshiva*. 정통파 유대교도를 위한 학교 및 대학교.

째 줄, 소매 없는 티셔츠를 입고 멋진 가슴을 한, 가무잡잡하게 그을린 아가씨는 긴 손가락으로 자신의 어깨를 무심코 어루만진다.

마치 청중이 문학 전문가의 안내에 따라 그의 저작에서 곁가지에 해당하는 사소한 문제들에 정신을 빼앗긴 사이 저자가 청중의 주머니를 털고 있는 듯하다.

⊶

앞줄 저쪽에 얼굴이 넓적한 육중한 체구의 여자가 정맥이 비치는 양다리를 쩍 벌리고 앉아 있다. 다이어트는 포기한 지 오래다. 아름다움은 결국 망상일 뿐이다. 그녀는 외모 가꾸기를 포기하고 더 높은 차원에 오르기로 결심했다. 그녀는 한순간도 연사에게서, 문학 전문가에게서 눈을 떼지 못한 채 지금 경험하고 있는 달콤한 문화적 체험에 입을 다물지 못한다.

그녀 뒤로 거의 똑바로 올라간 줄에, 열여섯쯤 된 소년이 의자에서 불안하게 꼼지락거린다. 소년은 불행해 보이고, 아마 풋내기 시인인 듯한데, 얼굴은 여드름투성이고 헝클어진 머리는 지저분한 철수세미 같다. 사춘기의 고뇌와 밤마다 이어지는 습작의 압박이 그의 얼굴에 울음 섞인 표정을 새겨 놓았다. 두꺼운 안경알 너머로 그는 이 저자에게 절망적이고 은밀하고 열정적인 사랑의 눈빛을 보낸다. 나의 고통은 당신의 고통, 당신의 영혼은 나의 영혼, 당신은 나를 이해하는 유일한 존재, 왜냐하면 나는 당신의 책갈피 속에서 고독하게 여위어 가는 영혼이니까.

⊷

강당을 가로질러 소년의 반대편 자리에는 열성적인 하급 노동당원 특유의 모습을 한 땅딸막한 인물이 앉아 있다. 10년이나 15년 전에 그는, 아마 이제는 고급 주택지로 변모했을 교외 노동자 주거지의 낡은 학교에서 아이들을 가르친 이상주의적 교사였을 것이고, 어쩌면 그 지역 교육부 차장을 지냈을 것이다. 그는 턱 선이 움푹 찌부러졌고, 거칠고 희끗희끗한 눈썹이 빽빽이 났으며, 오른쪽 콧구멍 바로 아래 윗입술 언저리에 바퀴벌레 모양의 반점이 나 있다. 행사가 끝나기 전에 이 땅딸막한 남자의 입에서 짤막한 견해를 들을 기회가 올 거라고 저자는 상상한다. 오늘 밤 그가 여기에 온 것은 틀림없이 자신의 시야를 넓히거나 즐기기 위해서가 아니라, 연사들의 말이 끝난 후 자리에서 일어나 주먹으로 책상을 탕 친 다음 이른바 〈현대 히브리 문학〉에 대한 자신의 부정적 견해를 단호히 밝히기 위해서다. 이 문학에는 현시대, 그러니까 1980년대 초가 필요로 하는 것은 눈곱만큼도 없고, 한심스럽게도 우리에게 완전히 불필요한 것들로 가득 차 있다고 역설할 것이다.

◦◦

저자는 제 식대로 이 퇴직 교사를 폐사크 이크하트 박사라 부르기로 한다. 카페에서 본 웨이트리스에겐 리키란 이름을 붙였다. 갱단의 심복은 앞으로도 계속 미스터 레온이고, 슐로모 호우기란 이름은 그의 굽실거리는 짝패에게 딱이다. 풋내기 시인의 이름은 유발 다한이지만, 두근거리는 마음으로 어느 문학 편집자에게 최초의 시들을 보낼 때에는 유발 도탄으로 서명할 것이다. 문화에 목마른 여자는 미리암 네호라이트라 불린다(그녀가 사는 주택 단지에서 아이들은 그녀를 공포의 미라라 부른다). 이야기는 텔아비브 레인즈 가, 페인트칠이 벗겨진 어느 낡은 건물에서 펼쳐진다. 미리암 네호라이트와 안경 낀 소년 사이에 약한 유대가 서서히 움틀 것이다. 어느 날 아침 소년은 어머니 심부름으로 그녀의 아파트를 찾아간다. 소년은 주스 한 잔과 집에서 만든 비스킷 두 개를 대접받고, 세 개째는 정중하게 거절하고 사과도 거절한다. 떠날 때 소년은 당황해서 중얼거린다. 아뇨, 악기는 연주하지 않고요. 네, 가끔 글을 써요. 대단한 건 아니에요. 그저 틈틈이 써보는 거예요.

소년은 며칠 후 다시 찾아온다. 그녀가 시를 보여 달라며 초대했기 때문이다. 그녀가 보기에 그의 시는 미숙하기는커녕 정서적 깊이, 언어적 풍부함, 미학적 세련미, 인간과 자연에 대한 무한한 사랑을 갖추고 있다. 그는 이번엔 사과 접대를 수락하고, 그녀는 사과를 깎아준다. 소년은 이번에도 비스킷 세 개와 약간의 주스를 대접받는다.

일주일 후 유발은 그녀의 집 문을 다시 두드린다. 미리암 네호라이트는 소년을 위해 달고 끈적끈적한 과일절임을 만들고, 그는 수줍어하면서 가지고 온 선물, 푸른색 유리 안에 갇혀 화석으로 변한 달팽이를 그녀에게 준다. 그 후 저녁마다 소년과 얘기하는 동안 그녀는 이따금 그의 팔이나 어깨를 가볍게 건드린다. 한번은

33

(딱 한 번인데) 그가 기절이라도 할 듯 서너 번 숨을 몰아쉬는 찰나, 어색하게, 거의 우연히 그녀의 옷 위로 젖가슴을 더듬자, 놀라서인지 아니면 모성 본능 때문인지 그녀는 모른 척 넘어간다. 하필 그 순간 이웃에 사는 리사베타 쿠니친이 부엌 창을 통해 우연히 그 장면을 보게 되고, 결국 고약한 소문은 어쩌다 한 번 일어난 사건에 찬물을 끼얹어 버리고, 사건은 망신스럽게 끝이 난다. 미리암 네호라이트는 계속해서 그를 위해 잼처럼 달콤하고 풀처럼 끈적끈적한 과일 절임을 만들고 식혀서 냉장고에 넣어 두지만, 어린 유발 도탄은 그녀의 아파트로 돌아오지 않고, 그저 자신의 시와 꿈, 밤의 음울한 공상 속에서만 그녀를 훔쳐본다. 마침내 그는 더 이상 살아갈 이유가 없다고 결론을 내리지만, 저자와의 만남에 막연한 희망을 걸고 있는 탓에 실행을 뒤로 미룬다. 저자는 틀림없이 그의 고통을 이해하고 친절한 손길을 내밀어 줄 것이다. 누가 알랴, 혹시 그를 집으로 초대해 그의 시를 읽어 보고는 감명을 받고, 얼마 후 친분이 깊어져 우정으로 발전하고 우정이 영적 유대가 되면 (이쯤 되면 공상은 주체할 수 없이 경이롭고 즐거워진다) 그에게 문학의 세계로 들어가는 문을 열어 줄지

모른다. 멋지고 눈부신 세계, 결국 시인의 고통을 아찔하게 보상해 줄 세계, 우아하게 넋을 잃고 바라보는 아가씨들과, 꿈속에서 만져 본 그 모든 것들, 심지어 꿈속에서조차 본 적 없는 것들을 퍼부어 주고 싶어 안달하는 부인들의 황홀한 갈채와 감탄이 기다린다.

            ➻

    이 이야기는 일인칭 시점으로, 이웃에 사는 누군가의 관점에서, 예를 들어 토실토실한 문화국장, 예루캄슈데마티의 관점에서 풀어 가도 괜찮을 것이다. 그는 오늘 밤 행사를 소개했고 체파니아 베이트할라크미의 『삶과 죽음의 시』에서 두 행을 인용했다.

> 언제 보아도 그들은 나란하다.
> 신부 없이는 신랑도 없으리니.

    바람 한 점 없는 여름밤에 예루캄은 피곤하고 땀에 젖은 채로 어둠 속에서 쉬고 있다. 불그스름한 얼굴에는 건강치 못해 보이는 푸른 핏줄이 얼기설기 드러나 있다. 그는 노동자 주택 단지의 방 두개짜리 아파트 발코니에 낡은 안락의자를 놓고 앉아, 대야 속 찬물에 퉁퉁 부은 발을 담그고 있다. 그의 생각은 어머니에 관한 몇 가지 기억을 더듬고 있다. 그의 어머니는 66년 전, 그가 겨우 여섯 살 때 카르코브에서 죽었다(그녀의 이름은 수다스러운 이웃, 리사베타와 같다). 발코니 바로 아래에서 소곤거리는 대화가 이어진다. 그는 즉시 일어나 안으로 들어와야 하고, 그들이 서로 주고받는 이야기를 엿들을 권리도 없고 아무 관심도 없지만, 때는 이미 늦었다. 지금 일어나면 두 남녀를 방해하고 창피하게 만들 것이다. 점잖게 빠져나갈 구멍이 없어진 예루캄 슈데마티는 불편한 심정으로 발코니에 앉아, 품위를 지키기 위해서라도 뭉툭한 손으로 귀를 틀어막기로 결심한다. 그러나 그러기 전에 그는 발코니 너머로 몸을 기울이고서, 그것이 이웃집의 숫기 없는 소년, 유발 다한의 실루엣과 미리암 네호라이트의 경쾌한 속삭임인 것을 확인한다. 그녀의 목소리가 틀림없다. 왜냐하면 한번은, 여러 해 전 소련이 스푸트니크 1호를 쏘아 올렸던 밤……

❧

문학 평론가(그는 지금 작품 속에서 일어나는 시점 변화의 역설에 대해 설명하고 있다)에게서 한두 가지 특징을 뽑아내 베테랑 문화국장에게 부여하는 것도 가능할 것이다. 이를테면 벤구리온처럼 드문드문 반점이 난 머리를 장식하고 있는 반달 모양의 흰머리, 성난 벌떼처럼 부잡스럽고 호감이 가지 않는 거동, 자신의 주장이 결정적으로 반박당한 상황에서도 정중하게 화를 누르면서 한 발 뒤로 물러나는 대신 따끔한 독침을 감춘 결정적인 반격을 날려 공격자들을 아찔하게 만드는 사람 특유의 당당한 강연투마저도. 저자는 문학 평론가에게 20년 홀아비 생활과 외동딸을 만들어 주고 싶어진다. 아야라는 이름의 딸은 비뚤어지게 살다 종교에 귀의한 후 서안 지구 엘론 모레의 정착민과 결혼했다. 평론가에게 가장 어울리는 이름은 야키르 바르오리안 (지토미르스키)이다. 이렇게 저자가 딴생각을 하는 동안 바르오리안은 어느덧 장광설에 이르러, 그의 작품을 일종의 함정으로, 문이나 창 없이 완전히 밀폐된, 거울의 방으로 제시한다. 바로 그 순간 또다시 강당 한구석에서 킥킥거리는 소리가 들린다. 참지 못하고 새어 나오는 조롱과 절망이 가득한 웃음소리에 저자는 마음이 불안해지고, 음험한 상상의 끈을 놓친다. 갑자기 담배를 피우고 싶어 애가 탄다.

❧

시인 체파니아 베이트할라크미는 어떻게 되었을까? 문화국장이 개회사를 할 때 그의 책 『삶과 죽음의 시』에서 〈언제 보아도 그들은 나란하다. / 신부 없이는 신랑도 없으리니〉라는 두 행을 인용했다. 그는 아직 살아 있을까? 문학 부록과 잡지에서 그의 시가 사라진 지 벌써 여러 해가 되었다. 아마 양로원에 사는 몇몇 노인들을 제외하고는 이름마저 잊힌 듯하다. 그러나 과거에, 저자가 젊었을 때, 그의 시는 모든 의례, 축전, 대중 집회에서 인용되었다.

인간은 누구나 신의 피조물
신의 불꽃이 그 안에 보이네.
우리는 저마다 소우주
가슴마다 꿈이 담겨 있다네.

(이 시는 러시아풍의 구슬픈 곡조에 맞춰 연주되거

나 불렀다. 저자를 포함한 전 세대가 모닥불 주위나 키부츠의 잔디밭에서 슬픔과 갈망으로 떨리는 목소리로 그 시를 노래했다. 그러나 이젠 가사와 곡조 모두 잊혔다. 그 순진무구한 시인이 잊힌 것처럼.)

익살스러운 영감에 사로잡히면 베이트할라크미는 다음과 같이 노래하기도 했다. 〈어디로 가는지 묻지 않는 건 / 오직 말(馬)뿐〉 또는 〈재잘거리는 시냇물이 웅덩이로 흘러가듯 / 나불거리는 바보의 말(言)도 그렇게 흘러가네〉.

저자가 열다섯 살 무렵, 같은 반 여학생(예쁘다기보다 매력적이었다)이 그에게 헤르만 헤세의 『나르치스와 골드문트』란 책을 주었다. 책의 앞쪽 면지에는 그녀의 글씨로 체파니아 베이트할라크미의 시가 적혀 있었다.

바람은 제멋대로 불고,[6]
불어오며 노래하네.
어쩌면 이번엔 솟구치는 바람이
그대를 날개에 실어 들어 올리리.

6 요한복음 3장 8절.

바르오리안이 강연을 마치자 이번엔 로셸 레즈닉이 저자의 신간에서 뽑은 짧은 발췌문 네 개를 읽을 차례가 온다. 그녀는 서른다섯쯤 된 가냘프고 새침한 여자로, 수줍고 예쁘지만 매력적이지는 않다. 검은 머리를 고풍스럽게 한 가닥으로 땋아 내려 왼쪽 가슴을 가렸다.

그녀는 푸른색과 자주색 시클라멘이 그려진, 크림색 민소매 면 드레스를 입고 있다. 저자는 그녀의 드레스와 땋은 머리와 조심스러운 거동을 보고 이전 세대에서 떠내려온 이스라엘 개척자를 떠올린다. 아니면 종교적 배경 때문일까?

로셸 레즈닉은 청중을 향해 서 있다. 등은 펼쳐 든 책 위로 약간 굽었고, 이마는 마이크 쪽으로 기울었으며, 가는 팔은 너의 책을 유리잔이 담긴 쟁반처럼 받쳐 들었다. 그녀는 마치 너의 책 속에 사랑과 부드러움 말고는 아무것도 없는 것처럼 읽어 나간다. 심지어 네가 마치 산산이 부서지는 유리 파편처럼 쓴 통렬한 대화도 그녀는 부드럽고 감성적으로 읽는다.

넌 오늘 밤 왜 여기에 왔는가, 이곳에서 무엇을 얻을

수 있을까, 저자는 스스로에게 묻는다. 넌 지금 이 시간에 집에서 책상 앞에 앉아 있거나, 양탄자 위에 반듯이 누워 천장에 공상을 펼치고 있어야 하지 않은가. 어느 불가사의한 악마가 충동질했기에 자꾸만 이런 모임에 나오는가? 여기에 있는 대신 집에 조용히 앉아 느긋하게 바흐의 칸타타 BWV 106번, 「악투스 트라지쿠스」[7]를 감상할 수 있지 않은가? 어렸을 때 꿈꾸던 대로 험준한 산악 지대에 철도를 건설하는 공학자가 될 수도 있었다. (아버지가 보고타 대사관에서 사무관으로 근무할 당시, 열두 살이었던 저자는 산악 지방으로 여행을 갔다. 덜컹거리는 기차를 타고 아찔한 산비탈들을 구불구불 지나던 그때의 여행은 아직도 꿈에 나온다.)

대체 너는 왜 글을 쓰는가? 누구를 위해 쓰는가? 만약 전하려는 메시지가 있다면, 그것은 무엇인가? 너의 책들은 어떤 역할을 하고, 누구에게 어떤 이익을 주는가? 너는 이 중요한 질문들에, 최소한 몇 가지 질문에 뭐라고 답해야 할까?

연민과 품위, 로셸 레즈닉이 네가 쓴 글에서 발견한

---

7 Actus tragicus. 〈애도 행사〉를 뜻하며, 바흐가 1707년에 작곡한 장례용 칸타타이다.

것은 바로 그것이다. 호감이 가고 대체로 예쁜 여자지만, 사실 매력적이진 않다.

❦

한편, 뒤쪽 줄 끄트머리에 소년, 아니, 남자가 앉아 있다. 비쩍 마르고 주름투성이에다, 털이 다 빠져 움푹한 뺨에 숱이 한 움큼밖에 남지 않은 원숭이처럼 생겼고, 병든 수탉의 볏처럼 머리털이 성긴 60대의 초라한 남자다. 그는, 뭐랄까, 지역구 사무실에서 일하던 하급 노동당원이었지만 다른 당의 첩보원에게 기밀문서를 넘겨주다 붙잡혀서 쫓겨났고, 그 후로 수학 개인 교습을 하면서 생계를 꾸리고 있다.

아놀드 바르톡이 그에게 어울리는 이름일 것이다. 한 달 전 그는 택배 회사의 화물을 분류하는 임시직에서 해고되었다. 셔츠는 땀과 때에 찌들어 변색되었고 바지는 엉덩이 아래로 축 쳐졌다. 그는 구태여 셔츠나 속옷을 빨아 입으려 하지 않고 낡아빠진 샌들을 신는다. 아놀드 바르톡은 밤이면 주로 장관, 저널리스트, 국회의원들에게 보낼 메모를 작성하고, 여러 신문사의 편집자들에게 보낼 편지를 쓰고, 감사원장이나 대통령에게 보낼 긴급한 메시지를 적으면서 시간을 보내고, 심한 치질로 고생한다. 치질은 특히 이른 아침에 심해진다.

그는 두 다리가 마비된 어머니, 오펠리아와 살고 있다. 두 사람은 한 방에서 낡은 매트리스 위에서 한 이불을 덮고 자는데, 한때 아버지가 운영하는 작은 세탁소였던 그 방은 사방이 가로막힌 육면체나 다름없다. 아버지가 죽은 뒤로 세탁소 철문은 영원히 닫힌 채 맹꽁이자물쇠가 채워졌고, 출입구라고는 뒷마당으로 난 뒤틀린 베니어판 문이 전부다. 마당 반대편에는 골함석으로 달개지붕[8]을 얹어 만든 변소가 있지만, 불구가 된 과부가 사용하기에는 너무 멀다. 그녀는 에나멜 요강을 쓴다. 아놀드 바르톡은 한두 시간마다 요강을 그녀 밑에 넣어 준 다음 화장실로 가져가 금이 간 변기에 비우고, 쓰레기통 사이에 설치된 수도꼭지를 틀어 요강을 헹군다. 에나멜이 닳거나 깨진 부분에는 검은 얼룩이 생겼고, 그러다 보니 표백제로 씻고 문지르고 소독해도 요강은 항상 더러워 보인다.

몇 년 전부터 그의 어머니는 그를 본래 이름인 아놀드라 부르지 않고, 심술궂게도 아랄레 또는 아르케라

8 건물 벽이나 담장에 비스듬히 단 지붕.

43

고 불렀다. 그가, 그만 좀 해, 더 이상 못 참겠어, 내 이름은 아놀드야, 엄마도 잘 알잖아, 하고 야단치면, 불구의 어머니는 응석받이 여자아이처럼 앙탈을 부리고 안경 밑으로 눈물을 펑펑 쏟으면서 말한다. 왜 또 그러니? 방금 뭐라 그런 거야? 뭐가 문제니, 아랄레? 왜 나한테 화를 내는 거야? 그러다 나를 때리려고? 죽은 네 아버지처럼? 하느님, 그의 영혼을 쉬게 하소서, 그 사람이 그랬던 것처럼? 그렇게 하고 싶은 거니, 아랄레? 나를 때리고 싶은 거야, 응?

아놀드 바르톡이 방금 또다시, 세 번째인가 네 번째로 낄낄거린 그 비열한 놈일까? 고의적인 조롱일까, 저자는 속으로 묻는다. 질투해서? 역겨워서? 화가 나서? 아니면 부지불식간에 나온 추상적이고 탈개인화된 소리였을까?

저자는 집에 있을 때 아놀드 바르톡의 모습을 상상해본다. 그는 축축하고 곰팡내 나는 세탁소에서 깊은 밤 2시 45분경 땀에 젖은 속옷만 걸친 채 어머니의 몸 아래에서 냄새 나는 요강을 꺼낸 다음 애써 숨을 참으면서 어머니를 엎드리게 한 다음 휴지로 닦고 마른 기저귀를 채운다.

마지막 연설을 요청받자 저자는 비로소 최선의 자세를 보이고, 청중의 질문에 참을성 있고 겸손하고 진지하게 답한다. 그는 이따금 짤막한 우화나 일상생활의 예를 제시한다. 그는 시간을 들여 설명과 이야기의 차이를 자세히 설명하고, 그러면서 세르반테스, 고골, 발자크를 인용하고, 심지어 체호프와 카프카를 인용한다. 또 청중의 웃음을 유발하는 일화 몇 개를 이야기한다. 그는 문학 평론가를 두어 번 은근히 비꼬는 동시에, 그의 강연을 칭찬하고 관찰의 심오함에 감사를 표한다. 말하는 동안 저자는 거듭 놀란다. 자신이 이 행사에 참석하기로 동의한 것, 그래 놓고 제대로 준비도 하지 않은 것에 놀라고, 스스로 동의하지 않는다는 것을 분명히 의식하면서도 자기 입으로 뱉어 내고 있는 말들에 놀란다. 설상가상으로, 실은 자신이 실질적이고 핵심적인 질문들에 답이 될 만한 것을 조금도 알지 못하며, 의지와 상관없이 자기 입에서 쏟아져 나오는 것들에 애초부터 전혀 관심이 없다는 것에 놀란다.

그리고 아놀드 바르톡이 왜 이곳에 왔는지 그는 아직

도 모르겠다. 정말로 강당 뒤편에 앉아 너를 향해 도마뱀 같은 목을 길게 빼고 킥킥거리는 웃음으로 너를 조롱하기 위해서일까? 하지만 그가 비웃는 게 잘못된 일일까? 저자는 그렇게 속으로 생각하면서 따뜻하고 감정적인 말로 계속해서 청중, 특히 여자들의 넋을 뺀다.

❧

그는 잠시 멈추고 손가락으로 머리를 쓸어 올리면서 웨이트리스 리키와 그녀의 첫사랑 찰리를 떠올린다. 그는 브네이 예후다 축구팀의 후보였고, 코끝으로 천천히 그녀의 입술을 벌리고 정신을 잃을 지경이 될 때까지 살살 녹이고, 고곡이라 속삭이고, 심지어 에일랏에서는 리비에라의 어느 호텔에서 온 여가수 옷처럼 보이는, 반짝이는 은 스팽글이 달린 이브닝드레스를 사주기도 했지만, 결국 그녀를 차버리고 파도의 여왕 선발 대회에서 준우승한 루시라는 여자와 떠나 버렸다. 남자들은 어쩔 수 없어, 그렇게 생겨 먹은걸, 하지만 리키가 보기에, 사실 여자들이라고 썩 나은 것 같지도 않다. 정말이야, 여자들은 종종 누워서 쓰다듬어 주기를 바라는 고양이처럼 행동하는 버릇이 있어. 그래서 사실 어떤 관계에서나 남자와 여자 사이에는 선택의 여지가 거의 없어. 그러니 둘 사이에 전기가 통하지 않고서야 대체 어떻게 그들이 무슨 관계를 맺을 수 있겠어? 하지만 전기가 통하면 결국 둘은 불에 데고 말지. 바로 그래서 결국 연애는 언제나 절망으로 끝나지, 리키는 생각한다. 하지만 혹시 운이 따르면 루시를 만날 수 있지 않을까? 우린 많은 얘기를 나누고, 재미있는 일들을 회상하고, 오래전에 그토록 아팠던 일들에 대해 한바탕 웃고 넘어갈 텐데. 그 루시란 여자, 파도의 여왕 선발 대회에서 준우승한 뒤에 어떻게 됐는지 한번 알아봐야겠어. 아직 살아 있다면. 그리고 혼자 살고 있다면. 나처럼. 그리고 날 만나길 꺼리지 않는다면.

⁕

고독, 문화적 감수성, 슬픔을 배합한 표정을 띤 채 저자는 거짓말에 거짓말을 쌓아 올린다. 청중이, 왜 당신은 글을 쓰는가 등의 질문을 던지자 저자는 이미 여러 번 써먹은 대답들을 늘어놓는다. 어떤 대답은 만족스럽고, 어떤 대답은 재치 있거나 애매하다. 하급 외교관인 부친에게서 배운 기술이다. 결론에 이르러 그는 즐겁게 문화국장 야루캄 슈데마티에게 공을 돌리고, 『삶과 죽음의 시』에서 시 몇 행을 빌려 그에 응수한다.

> 수많은 현인들이 분별이 부족하고,
> 수많은 바보들이 황금의 마음을 지녔구나.
> 행복은 종종 눈물로 끝나지만,
> 마음속에 있는 것은 말로 할 수 없구나.

이제 그는 독자들에게 둘러싸인다. 짐짓 태연하게 그는 자신의 신간에 서명을 하고, 시름에 잠긴 듯 겸손한 태도로 칭찬에 응하고, 페사크 이크하트 박사의 분노를 달래 줄 요량으로 이따금 하품을 애써 참는 것처럼 보이는 미소를 짓는다. 귀와 콧구멍에서 털이 삐져나와 있고 눈썹은 짙은 회색이고 얼굴은 주걱턱이고 툭하면 싸우는 이 교수에게 저자는, 현대 문학은 국가를 전적으로 부인하는 게 아니라 점령의 부당성을 비난하고 부정부패와 만연한 야만성을 풍자하고 타락과 우둔함을 폭로하는 것인데, 이는 국가를 무효화하지는 못하며, 실은 종종 절망한 마음에서 비롯된다고 안심시킨다. 때로는 이스라엘의 적들이, 결코 표면에 드러나지는 않지만 고유한 목적을 위해 여기에 쓰인 것들을 자기네 멋대로 이용하지만, 결국 성경의 예언자들도 모두 그렇게 했고, 비알리크와 브레너, 우리 츠비 그린버그와 S. 이자르 같은 이전 시대의 현대 작가들도 다 그랬다, 등등.

그런 다음 저자는 윙크를 날리며 문학 전문가 야키르 바르오리안 지토미르스키와 굳은 악수를 나눈다. 문화국장인 예루캄 슈데마티에게 감사를 표하자, 국장도 답례로 여기까지 찾아와 연설해 줘서 고맙다고 인사한다. 아뇨, 괜찮아요, 택시 안 불러도 됩니다. 오늘 밤은 이 근처에서 묵을 거니까요. 기분도 상쾌하게 할 겸 걸어서 가는 게 좋겠습니다. 바닷바람이 불기 시작하는 것 같은데, 곧 선선해지겠죠?

❖

강당 밖 층계에서 저자는 담배에 불을 붙이고 로셸 레즈닉에게 주의를 기울인다. 그는 다정하게 감사를 표하고, 그녀의 감성적인 낭독과 듣기 좋은 목소리를 칭찬한다. 그녀는 칭찬을 들은 게 아니라 마치 부당한 비난을 당한 것처럼 당혹스러워하는 미소를 짓고, 순간적으로 숨이 막혀 목멘 소리로 그의 친절한 말에 감사를 표하고, 칭찬받을 건 그녀가 아니라 그녀가 읽은 책이라고 말한다.

그녀가 걸어갈 수 있도록 저자가 길을 내줄 때 그녀는 반복해서 낮게 중얼거린다. 아무것도 아니에요, 감사합니다, 정말, 아무것도 아니에요. 그런 다음 마치 그를 불쾌하게 하기라도 한 것처럼 슬픈 어조로 말한다. 아뇨, 괜찮아요, 전 담배를 피우지 않아요, 죄송해요, 어쨌든 감사합니다, 정말 괜찮아요. 그녀는 행사에서 읽었던 책을 흉갑처럼 가슴에 끌어안는다. 책은 갈색 종이에 싸여 있고 고무 밴드 두 개로 동여매져 있다.

그러니까, 저자가 말한다, 실은 말이죠, 오늘 행사에서 그 모든 얘기를 늘어놓는 대신에 당신이 낭독만 했더라면 아주 기뻤을 거요. 내 말은, 오늘 밤 행사가 꼬치꼬치 캐묻고 해설하고 분석하고 마지막에 나까지 나서서 시시콜콜 말을 늘어놓는 대신에 그냥 당신의 낭독회였다면 좋았을 거라는 거요. 당신은 내 글을 안에서부터 읽었소. 마치 내 책을 단지 앞에 펼쳐 놓은 게 아니라 책 속으로 들어간 것처럼 말이오. 당신이 읽으면 책이 스스로 말을 하기 시작해요.

그러지 마세요, 로셸 레즈닉이 우물거린다, 아무것도 아닌걸요, 감사해요, 정말, 아무것도 아니에요. 그때 갑자기 그건 올바른 대꾸가 아니라는 생각이 들고, 그녀는 금방이라도 눈물을 터뜨릴 것 같은 목소리로 그에게 사과한다.

바로 그때 층계를 밝히던 전등이 꺼지고 저자는 한 손으로 스위치를 더듬어 찾는 동시에 다른 손으로 그녀가 당황하지 않도록 그녀의 팔을 붙잡으려 하지만, 어둠 속에서 그의 손가락들이 그녀의 따뜻한 젖가슴에 닿아 잠깐 화르르 타오른 다음 난간에 가 닿는다. 어느새 다른 층에서 누군가가 전등을 켰다. 저자는 사과를 하고 로셸 레즈닉은 다소 놀라며 떨리는 목소리로, 괜찮아요, 아무것도 아닌걸요, 감사해요, 정말, 대단히 감사합니다. 내가 좀 감정에 취해서, 죄송해요. 저자가 말을 잇는다. 그보다 당신 목소리는 내가 글을 쓰면서 들었던 것과 아주 똑같소. 주인공 내면의 목소리처럼 들립니다.

로셸 레즈닉은 말없이 듣고 있지만 입술이 떨린다. 마침내 그녀는 눈을 내리깔고서, 오늘 밤 행사가 시작되기 전 몹시 초조했고 솔직히 두려웠다, 어쨌든 저자가 보는 앞에서 그의 책을 읽는다는 건 슈베르트가 앉아 있는 곳에서 그의 곡을 연주하는 것과 다소 비슷하다고 말한다.

ᴥ

저자는 로셀 레즈닉에게 집까지 바래다주겠다고 제안한다. 어쨌거나 그는 좀 걸으면서 밤공기를 쐬고 싶고, 가는 길에 이야기를 나누거나 어딘가에 들러 따뜻한 음료나 시원한 음료를 마실 수도 있다. 아니면 더 강한 거라도?

그러자 그녀는 완전히 평정을 잃고 마치 드레스 지퍼가 갑자기 열린 것처럼 귀에서 목까지 발갛게 달아오른다. 그녀는 당황하면서 사과한다. 아쉽지만 사실 바래다줄 거리가 아니다. 바로 이 근처, 문화회관 맞은편 바로 저기, 왼쪽에 불 꺼진 창문이 보이는 집에 산다. 정말 미안하다, 아니, 미안한 게 아니라…… 괜찮다. 마침 저기에 살고 있다. 맨 위층에.

불이 꺼져 있다면 (저자는 미소를 짓는다) 당신을 기다리는 사람이 아무도 없고 저와 함께 산책할 수 있다는 신호겠지요?

아뇨, 요셀리토가 기다리고 있어요. 지금쯤이면 몇

분에 한 번씩 시계를 보고 있을 거예요. 내가 조금이라도 늦으면 그 애는 항상 화를 내고 날 몰아붙여요. 어디 갔었느냐, 뭘 하다 왔느냐, 어떻게 그럴 수 있느냐 하면서 부끄럽게 만들죠.

요셀리토?

고양이예요. 고양이의 옷을 입은 악마죠.

하지만 저자는 포기하지 않는다. 집에 들어가기 전에 잠깐 산책하는 건 어때요? 그런 다음 요셀리토에겐 내가 잘 말하겠소. 짧은 편지를 써줄 테니 그에게 전해요. 아니면, 당신을 잘 봐달라고 작은 앞발에 뇌물이라도 쥐어 줄까? 당신을 특별한 곳으로 데려가고 싶소. 여기서 5분도 안 되는 거리요. 아주 가깝소. 이 거리 끝에서 왼쪽으로 돌면 나와요. 자, 따라와요. 당신에게 특별한 것을 보여 주고 짧은 이야기를 들려주겠소. (그러면서 무심코 그녀의 팔꿈치를 잡는다.) 다 왔어요, 바로 여기요. 이 부티크가 서 있는 자리에, 옛날에 포그레빈스키 형제 약국이 있었다오. 한번은 내가 여섯 살 때 오시야 삼촌이, 외삼촌이었는데, 날 여기다 두고 어디론가 사라지더니 까맣게 잊어먹고 한 시간도 넘게 있다 돌아와서는, 약사인 포그레빈스카야 부인한테 얼마나 무책임한 행동이냐며 고래고래 소리를 지르고 나한테도 으르 렁거리면서, 이 못된 놈, 다시 한 번 그렇게 말도 없이 사라져 봐라 하면서 주먹을 휘둘러 대고 때릴 것처럼 위협했다오. 그런데, 실은 말이오, 오시야 삼촌이 돌아오기 전 내가 약사와 단둘이 독한 냄새에 둘러싸여 있을 때 부인은 나를 어둡고 작은 밀실로 데려가 온갖 종류의 약과 독약을 보여 주고 속삭이는 목소리로 그것들이 어떤 효과를 내는지를 설명해 줬다오. 그때부터 나는 독약이 못 견디게 좋아졌고 지하실이나 창고 같은 작은 방에 홀리고 말았소. (이렇게 말하는 동안 저자는 그녀의 팔꿈치를 놓고 한쪽 팔을 그녀의 어깨 위에 걸친다. 그녀는 어떻게 해야 할지 또 무슨 말을 해야 할지 몰라 몸을 떨다가 그냥 아무것도 안 하기로 결심한다.)

내 얘기가 지루한가요?

천만에요, 지루하지 않아요, 왜 그런 생각을! 로셀 레즈닉이 놀라서 소리친다. 이건 나에게 중요한 경험이에요. 마치 당신이 아직 쓰지 않은 다음 소설을 미리 보여 주는 것 같아요. 이미 시작했지만 아직 끝내지 않은 소설일 수도 있겠네요. 저런, 대답하지 않아도 괜찮아요. 물어봐서 죄송해요. 작가에게 그런 질문을 하는 게 아닌데. (그는 팔을 들어 올렸다가 그녀의 어깨를 꼭 잡고 가까이 끌어당긴다.)

아주 조심스럽게 마치 맨발로 어둠 속을 걷듯이 로 셸 레즈닉은 말을 이어 나간다, 난 말이죠, 더 이상 우연 의 일치를 믿지 않아요. 요즘 들어, 무엇 하나 우연히 일 어나지 않는다는 느낌이 들곤 했어요. 정말 단 하나의 예외도 없이……. 하지만 설명할 수는 없을 것 같아요. 정말 그 무엇도 우연이 아니라고 생각해 본 적 없나요?

움트는 새싹 떨어지는 낙엽
아기의 탄생 노인의 죽음
그것을 우연이라 말하지 말라, 헛된 믿음일 뿐.
차라리 운명이라 여기라.

저자는 잊었던 체파니아 베이트할라크미의 시가 갑 자기 떠올라 인용한다. 로셸 레즈닉이 말한다. 사실 나 는 가족 행사에서 그를 몇 번 만났어요, 그는 얼굴이 블 라망제[9]처럼 발그스름하고 동그랬어요. 항상 미소를

9 *blanc-manger*. 우유나 크림에 설탕을 넣어 젤리처럼 차게 식힌 디 저트.

머금은 입술은 블라망제 한가운데 놓인 체리처럼 아주 빨갰죠. 또 부드러운 손가락에선 향수 냄새가 났고 항상 아이들 볼을 기분 나쁘게 살짝 꼬집었어요.

누구 말이오?

베이트할라크미, 시인이오. 진짜 이름은 체파니아가 아니었고, 성도 베이트할라크미가 아니었어요. 완전히 다른 이름이었는데, 아브라함 슐덴프라이인가 그랬어요. 부멕. 우린 그냥 부멕 삼촌이라 불렀죠. 한번은 키리얏 카임에서 부멕 삼촌을 축하하는 행사가 열렸는데, 항상 그의 책을 낭독하던 여배우가 축농증에 걸려서 그날 밤엔 어머니가 대신 낭독했어요. 그날 밤에도, 난 더이상 어린애가 아니었는데도, 그는 5분마다 내 볼을 살짝살짝 꼬집었고 나중에는 다른 곳도 꼬집었어요. 그는 우리와 아주 먼 친척이었는데, 정확히는 모르겠어요. 진짜 삼촌은 아니었고, 아마 부모님의 인척 중 누군가의 삼촌이었던 것 같아요. 아니면 부모님의 종조부였거나. 어렸을 때 가족 모임이 열리면 부모님이 항상 말씀하셨죠, 저길 봐라, 저기 미소를 지으면서 이 사람 저 사람하고 악수하는 아저씨 있지? 너무 커져 버린 통통한 아기처럼 생긴 아저씨 말이야, 저 사람이 부멕 삼촌이란다, 체파니아 베이트할라크미로 불리는 유명한 시인이기도 하지.

그리고 저자의 질문에 그녀가 대답한다. 모르겠어요, 확실치 않아요. 오랫동안 소식을 못 들었어요. 아직 살아 있지 않을까요? 아니, 내가 틀린 것 같아요, 그러긴 힘들어요. 아직 살아 있다면 거의 백 살일 테니까요.

━◆━

저자는 곁눈질로 슬쩍 보고는 그녀의 앞니가 약간 튀어나왔고 사이가 꽤 벌어진 것을 알아차린다. 뭔가에 집중해 있지만 두려움에 털을 파르르 떠는 다람쥐 같다. 여차하면 그녀는 꼭대기 층 아파트로, 질투심 많은 고양이에게로 도망칠 것이다.

불쑥, 그는 그녀의 허리를 가볍게 팔로 감는다. 마치 여기에도 그녀가 걸려 넘어질 수 있는 계단이 있는 것처럼. 자, 무서워하지 말아요, 로셸. 우리 뒤쪽에 있는 마당을 슬쩍 들여다볼까요? 어쩌면 그 작은 밀실이 아직 있을지도 모르겠소. 어쩌면 창문이 있을지 모르고, 그리 들여다보면 안에 뭐가 있는지 보일 거요. 그녀는 서투르게 그의 손에서 빠져나와서는 즉시 후회한 듯 대담하게 말한다. 좋아요, 가겠어요. 보여 주세요.

그러나 이웃집 주방들에서 새어 나오는 누르스름한 불빛에 희미하게 반사된 뒷마당에는 아무것도 없고 부서진 가구들, 버려진 유모차, 종이 상자 몇 개, 요리 냄새와 쓰레기 냄새, 변기 물 내려가는 소리, 텔레비전에서 울려 퍼지는 비명과 웃음, 신음하는 에어컨 소리, 놀란 고양이가 도망치는 모습이 뒤엉켜 있다.

저자는 부유하는 안개와 미로처럼 뒤엉킨 기억에 대해 몇 마디 혼란스러운 문장을 중얼거리고, 그러면서 무심코 그녀의 땋은 머리를 끄트머리까지 어루만진 다음 그녀의 어깨를 돌려 부드럽게 자기 곁으로 끌어당긴다. 그러나 갈색 종이에 싸 고무 밴드 두 개로 동여맨 그의 책이 방패처럼 그와 그녀의 납작한 가슴을 갈라 놓는다. 갑자기, 좀 전에 책을 낭독했던 따뜻한 목소리와는 완전히 딴판으로, 아기 새의 울음처럼 높고 소녀 같고 떨리는 목소리로 그녀가 말한다. 무서워요.

그는 즉시 그녀를 놓아주고 그녀가 그렇게 젊지 않다는 것, 알고 보면 매력적이지 않다는 것을 기억한다. 그는 갑자기 정신을 퍼뜩 차리고는 미안하다고 중얼거리고, 새 담배에 불을 붙이고 문화회관 반대편에 있는 그녀의 집으로 그녀를 바래다준다. 돌아오는 길에 그는 채 일어나지 않은 일에 대한 보상으로 그녀에게 재미있는 이야기를 차례로 들려준다. 어느 날 그의 집 초인종을 누른 여자 이야기도 그중 하나다. 키가 작고 어깨가 좁은 그 여자는 두꺼운 안경을 끼고 초록색과 흰색 줄무늬가 있는 바지를 입고 있었다. 그녀는 아홉 살쯤 된 남자아이의 팔을 거의 폭력적으로 움켜잡고 있었고, 아이는 그녀의 손에서 빠져나오기 위해 안간힘을 쓰고 있었다. 선생님, 이렇게 불쑥 찾아와 방해해서 정말 죄송합니다. 사실 우린 서로 모르는 사이니까요. 물론 모두가 선생님을 알지만 선생님이야 우릴 모르겠죠. 자, 사기브, 유명한 작가 선생님께 공손하게 인사드려라. 우린 정말 선생님을 방해하고 싶지 않아요, 얼마 안 걸릴 거예요. 제 직업은 영양사랍니다. 저는 오래 전에 식료품점에서 유명 시인 레아 골드버그 여사를 만나 얘기를 나눈 적이 있지만, 여기 사기브는 살아 있는 작가 선생님을 실제로 본 적이 없답니다. 작가를 만나보는 건 이 아이에겐 아주 중요한 일이지요. 나중에 커서 유명한 시인이나 소설가가 될 테니까요, 그렇지, 사기브? 자, 어서, 유명한 작가 선생님에게 아주 독창적이고 아름다운 이야기를 해드리렴. 싫다고? 왜 그러니? 집에서 멋지게 준비했잖아? 엄마랑 연습까지 했잖아? 왜 작가 선생님 앞에서 갑자기 수줍어하는 거니? 수줍어할 필요 없어. 작가 선생님들은 우리의 영혼을 완벽하게 이해하거든. 안 그런가요? 하지만 죄송합니다, 정말 방해가 되고 싶지 않아요, 금방 갈게요, 이 봉투만 드리고 갈게요, 선생님이 편지를 보내 주실 때까지 꾹 참고 기다릴게요. 부디, 사기브의 작품을 보시고 솔직한 생각을 편지로 보내 주세요. 아이가 뭘 개선해야 할까요? 생각일까요, 철자법일까요, 아니면 문체일까요? 보다 현실적인 소재를 다루는 게 나을까요? 그리고 어디로 가야 이걸 출판할 수 있을까요? 무슨 일이니, 사기브? 너도 입을 열고 준비한 말을 해야지? 정말 백치 같은 애로구나! 죄송하지만, 선생님, 추천장이라도 써주시면 안 될까요? 소개서도 좋고요. 선생님이 추천장을 멋있게 써주신다면 누구라도 우리 책을 출판해 줄 거예요!

❧

다음으로 저자는 로셀 레즈닉에게, 그를 포그레빈스

키 형제 약국에 두고 까맣게 잊어버렸던 괴짜 오시야 삼촌 이야기를 들려준다. 이 오시야 삼촌이 어쩌다 공산당 소속 국회의원 슈무엘 미쿠니스의 뺨을 철썩 소리가 나도록 때렸는지, 두 사람이 어떻게 같은 해 같은 달에 같은 병으로 이킬로브 병원의 같은 병동에 입원해 나중에 막역한 친구가 되었는지 또 그때 서로를 얼마나 끔찍이 보살펴 줬는지 얘기한다.

　잠시 저자는 죽어 가는 오바디야 하잠을 생각한다. 한때 그는 귀족처럼 (심지어 왕처럼) 살았고, 방탕한 생활을 했고, 횡재한 후 이혼했고, 파란 뷰익에 러시아 금발 미녀들을 태우고 하루 종일 시내를 돌아다녔고, 모든 사람의 등을 철썩 때리고 웃고 농담했고, 천둥소리를 내며 트림을 했고, 아는 사람이나 모르는 사람이나 남자나 여자나 누굴 만나든 껴안고 키스했고, 창문이 덜컹거리도록 웃음을 터뜨렸다. 그러나 지금 이킬로브에서는 몸에 삽입했던 도뇨관이 빠졌건만 야간 근무하는 간호사가 너무 멀리 있어 그의 얕은 신음을 듣지 못하고, 그래서 그는 자신의 뜨뜻하고 시큼하고 피 섞인 오줌 웅덩이에 그대로 누워 있고, 오줌은 곧 차갑게 식을 것이고 그의 배, 허리, 등을 타고 흘러 그의 궁둥이를 젖은 시트에 들러붙게 만들 것이다.

❧

로셸 레즈닉이 사는 건물 입구에 이르렀을 때 저자는
다정하게 작별 인사를 하고, 그와 잠깐 산책해 줘서 고
맙다고 말하고, 그녀의 낭독에 대해 친절한 말을 되풀
이하고, 그녀를 꼭대기 층 아파트까지 배웅하겠다고 제
안한다. 그녀는 어둠 속에서 얼굴을 붉히며 우물거린다.
정말 그럴 필요 없다, 요셀리토가 위에서 그녀를 기다리
고 있다, 그녀는 항상 집에 혼자 간다, 그러니까…….
    저자는 고집을 꺾지 않고 그가 낼 수 있는 가장 근엄
한 목소리로, 요즘 한밤중에 텔아비브의 낡은 건물 층
계에서 온갖 일들이 일어나는 건 누구나 아는 사실이라
고 선언한다. 만에 하나 안전을 위해 그가 그녀를 문 앞
까지 바래다주고, 그녀를 요셀리토에게 넘겨주겠다, 또
열쇠를 잃어버렸거나 자물쇠를 열다 열쇠가 부러질 수
도 있지 않은가.
    로셸 레즈닉은 당황하며, 정말 그럴 필요 없다, 어쨌
든 감사하다, 하지만 정말 안 그래도 된다, 여기 계단 입
구에서 전등을 켜면 된다, 2분이면 집에 들어갈 거다,

요셀리토가 문 앞에서 기다리고 있는데, 이렇게 늦게 왔다고 그녀를 죽이려 들 것이다, 그것 말고도 미안하지만 오늘 밤 그녀의 아파트는 그리 아늑하지 않다, 커튼을 세탁소로 보냈고 덧문이 없어서, 이웃집에서…….

그 순간 그녀는 부끄러움이 뒤섞인 공황에 빠진다. 커튼은 세탁소로 보내지 않았고 원래 자리에 그대로 있는데 왜 커튼 얘기를 꺼냈을까? 왜 오늘 밤 그녀의 아파트가 아늑하지 않다고 말했을까? 게다가 이웃에서 모든 걸 볼 수 있다는 말까지 하다니 도대체 그가 어떻게 생각할까? 내가 제정신일까? 그는 내가 무슨 생각을 한다고 생각할까? 따지고 보면 그는 안으로 들여보내 달라고 청하지 않았고, 단지 나와 함께 계단을 올라가 내가 문을 열려는데 열쇠가 없어지지는 않았나, 자물쇠를 열다 열쇠가 걸리거나 부러지지는 않나 확인하기 위해 옆에서 지켜보겠다고 한 것뿐인데. 난 그가 들어오지 못하게 거짓말을 지어냈다. 그는 그런 생각을 하지도 않았을 텐데. 그리고 덧문이 없다고 말했고 이웃집 얘기까지 했다. 내가 암시를 줬다고 생각할 수도 있겠어. 커튼이나 덧문만 달려 있었어도 그와…….

하지만 그가 정말로 차 한잔 마시면서 얘기를 나누

기 위해 들어가고 싶다는 뜻으로 말했다면? 그렇다면, 그는 집안에 발을 들이는 순간 커튼이 그대로 달려 있는 걸 보겠지. 커튼을 세탁소로 보내지 않은 걸 알게 될 거야. 그러면? 그는 즉시 내가 쓸데없이 거짓말을 했다는 걸 알게 될 거야. 정말 쥐구멍에라도 숨고 싶어.

❧

게다가 그녀는 자신이 이 저자를 진심으로 원하는지 도무지 알 수가 없다. 그는 유명하지만 무척이나 예의 바르고 심지어 아버지 같기도 해서, 함께 위층까지 올라가기엔 마음이 편치 않다. 그래, 그는 뭔가를 원해. 하지만 대체 그녀에게서 뭘 원할까? 그녀는 그를 들이고 싶은 걸까, 아니면 그러길 주저하는 걸까? 지금일까? 그런데 집에서 나올 때 의자 등받이에 검은색 브래지어를 걸어 두고 나왔나, 치우고 나왔나? 걸려 있다면 어떻게 걸려 있을까? 패드를 댄 안쪽이 정면으로 보이게 걸려 있다면 어쩐다?

층계를 밝히는 전등이 꺼질 때마다 저자는 스위치를 누른다. 같이 올라가도 되겠소? 만일에 대비해서? 문 앞까지만?

하지만 커튼을 세탁소에 보냈다고 이미 거짓말을 했으니 너무 늦었다. 재고의 여지가 없다. 돌이킬 수 없다. 스스로 탈출로를 모두 막아 버린 셈이다. 그를 집 안에 들여서 커튼이 평소처럼 창문에 달려 있는 걸 보게 한다는 건 어림없는 일이다. 부끄러워 죽어 버릴지도 모른다.

야단맞은 여자아이처럼 기어들어 가는 목소리로 그녀가 마침내 저자에게 말한다. 그렇다면, 좋아요, 고마워요. 같이 올라가요. 하지만 문 앞까지만이에요……. 정 그러시겠다면요……. 하지만 사실 요셀리토는, 그러니까, 낯선 사람을…….

그런 다음 그녀는 자신이 방금 무슨 말을 했는지를 깨닫고는 침묵과 공황과 무기력에 빠진다.

저자는 그녀에게서 사냥꾼에게 잡힌 동물, 겁에 질린 새끼 설치류, 자포자기에 빠져 자해라도 할 것 같은 구석에 몰린 다람쥐의 모습을 본다. 그는 미소를 지으며 정중하게 제안을 거둬들인다. 아니오, 상관없어요. 불편하다면 안 그래도 돼요…….

이제 다람쥐는 문 앞까지 바래주겠다는 원래 제안을 받아들여야 할지, 제안을 거둬들이겠다는 정중한 철회를 고맙게 받아들여야 할지, 어느 쪽이 더 나쁜지 판단이 서지 않아 말을 잇지 못한다. 일단 안으로 들어오겠냐고 물어봐야 할까? 그가 초대에 관심이 없고 단지 예의상 또는 그녀의 안전을 염려하는 마음에서 그녀를 바래다주겠다고 제안했더라도? 아니면 물어보지 말아야 할까? 이젠 그러는 수밖에 없어 보이는데, 그랬다가는 그가 불쾌하게 느끼지 않을까? 그를 집으로 들일 경우 그녀는 어떻게 커튼에 대한 창피함을 감출 수 있을까? 의자 등받이에 걸린 브래지어는? 그뿐 아니라 올여름 들어 털갈이를 시작한 요셀리토의 털이 온 집 안에 날리고 있다. 그리고 저자가 갑자기 화장실을 써야 하는데, 그녀가 제모용으로 쓰는 면도기가 선반 위에 그대로 있다면?

그녀는 보도블록 혹은 자신의 신발 쪽으로 눈을 내리깔고, 무슨 말을 해야 할지 몰라 막막한 심정으로 책을 가슴에 끌어안고 있다.

물론 저자는 그녀의 고뇌를 안다. 그는 그녀의 어깨를 가볍게 만지면서 정중하게 제안한다. 괜찮다면 조금 더 산책을 하는 게 어떻소? 이 거리 끝까지 갔다가 돌아올까요? 아니면 광장까지 갔다 올까요? 물론 보디

가드의 경호를 받지 않고 그냥 올라가고 싶다면, 당신이 문을 열었다 닫는 소리가 들릴 때까지 여기 입구에 서 있겠소. 문소리가 들리면 당신이 중간에 사악한 용을 만나지 않고 당신의 요셀리토에게 안전하게 돌아갔다는 걸 알 수 있을 테니까.

그녀는 울음에 가까운 일그러진 미소를 짓고 중얼거린다. 죄송해요. 내가 어떻게 됐는지, 오늘 밤은 머리가 좀 혼란스럽네요.

저자도 미소를 지으면서, 어둠 속에서 그녀에게 말한다. 하지만 매우 아름답소.

❧

9년 전인가 10년 전에 어떤 사람이, 한 청년이, 특별히 매력적인 청년은 아니었는데, 그녀에게 비슷한 말을 했다. 그는 말이 번지르르했고 그녀는 그를 믿지 않았다. 그런데 지금, 이 남자가, 갑자기……

다시 한 번 귀와 목으로 피가 솟구친다. 무릎이 녹아내리는 것 같고, 그에게 기대거나 쓰러지는 것 말고는 선택의 여지가 없을 것만 같다. 그녀의 손가락 마디들은 핏기를 잃었고, 그녀는 그 손가락으로 갈색 종이와 고무 밴드로 포장한 그의 책을 꼭 쥐고 아랫배에 갖다 붙인다. 정조대 같다. 그 순간 그녀는 간신히 그를 위층으로 초대할 용기를 내본다. 안 될 것도 없지, 브래지어나 고양이 털이 무슨 상관일까? 그는 한창때 여자들 방을 수백 번도 더 봤을 것이다. 그에게 차나 커피를 타줄 수 있고 아르헨티나에서 온 히에르바 마테 차도 있지 않은가? 그가 피곤하지 않다면, 서둘러 가야 할 곳이 없다면.

그러나 그녀의 입술은 어둠 속에서 계속해서 떨리고 있다. 마침내 그녀가 작고 분명치 않은 목소리로 말한다. 위에 올라가면 전 세계 호텔에서 수집한 성냥갑 2백 개가 있어요, 아니, 아마 180개일 거예요, 물론 당신 같은 사람이 성냥갑 수집에 무슨 관심이 있겠어요?

저자는 새 담배에 불을 붙이고, 전등 스위치를 다시 누르고, 생각에 잠긴다. 잠시 그는 이른 저녁 리키(웨이트리스)의 치마 너머 팬티에서 우연히 포착한 자극적인 비대칭을 마음에 떠올린다. 왼쪽이 오른쪽보다 조금 높았다. 그건 마치 은밀한 전율이 가득 쌓인 보물 창고를 약속하는 윙크 같았다.

그는 잠시 마음속으로 저울질을 해본다. 지금 로셸 레즈닉의 초대를 받아들여 그녀의 아파트로 올라가는 것이 가치 있는 일일까? 사실 안 될 이유가 뭔가? 어쨌거나 그녀의 수줍은 태도는 즐거움을 주고, 그녀의 떨리는 칭찬은 아주 유쾌하고, 그녀의 두려움은 손바닥 위에서 부르르 떠는 아기 새처럼 감미롭지 않은가? 그러니 안 될 게 뭔가? 설마 그녀가 그를 산 채로 잡아먹지는 않겠지. 다른 한편, 그녀는 거의 넋이 나갔고 심지어 순종적이지만, 사실 그다지 매력적이지는 않다. 어느 쪽이든 결국 거북한 상황에 맞닥뜨릴 것이다. 그녀는 공황에 빠져 있고 그는 사실 그녀에게 끌리지 않는다. 그는 참을성 많은 의사가 주사 맞기를 거부하는 여자아이를 달래듯이 먼저 그녀의 두려움을 가라앉히고 진정시켜야 한다. 그리고 그러는 내내 대단히 조심해야 하고 아버지 같은 태도를 유지해야 하므로, 왼쪽이 오른쪽보다 조금 높은 웨이트리스 리키의 팬티를 상상하면서 간신히 불을 지피고 있는 일말의 욕망도 금방 사그라질 것이다. 어느 쪽이든 그는 진심을 감춰야 한다. 이렇게 하든 저렇게 하든 그는 그녀를 위해 연기를 하거나 변명을 지어내야 한다. 또 그녀의 고양이를 쓰다듬어 줘야 하고 털이 아주 사랑스럽다고 말해야 한다. 하룻밤 치 쇼맨십은 이미 바닥났다. 그리고 이렇게 하든 저렇게 하든 로셸 레즈닉은 결국 상처받을 것이다. 혹은 설상가상으로 후속편에 대한 온갖 희망을 키울 것이다. 그건 도저히 불가능한 일이다.

게다가 그녀 방에는 커튼도 없고 덧문도 없으며 이웃에 누가 사는지 모르는데 그는 꽤나 알려진 인물이다.

그래서 저자는 마음속으로, 안 될 게 뭐야, 라는 최초의 질문을 다른 질문으로 바꾼다. 왜 그래야 할까? 그래야 할 이유가 뭐지? 무엇 때문에? 이건 마치 그 낡고 상투적인 시 〈언제 보아도 그들은 나란하다. / 신부 없이는 신랑도 없으리니〉와 똑같지 않은가?

생각해 보니 낯선 숙녀에게 접근하기 위해 그녀의 애완동물에게 비위를 맞추는 수법은 체호프가 이미 자세히 서술했다. 하지만 일단 안면을 트고 대화를 시작한 후에 어떻게 진행해야 하는지는 체호프도 설명해 주지 않았다. 예를 들어 질투심 많은 고양이, 자기 자리를 빼앗으려고 하면 누구든 할퀴어 버리는 사나운 털 뭉치를 가슴에 끌어안고 있는 여자에겐 어떻게 접근해야 할까?

●●

그래서 저자는 조심스럽게 따뜻함을 내비치는 어조로 작별을 고한다. 그는 아주 빠른 시일 내에 꼭, 정말로, 전화를 걸겠다고 약속한다. 가로등 불빛 아래에서 그는 서둘러 그녀의 땋은 머리를 쓰다듬고는 그녀의 눈을 똑바로 쳐다보려 하지만, 그녀의 눈길은 또다시 신발 끝이나 깨진 보도블록 쪽을 향하고 있다. 작은 얼굴에 당혹스러운 표정을 띤 포획된 다람쥐, 로셀 레즈닉이 누군가를 깨물 수도 있을 것처럼 보이는 건 아마도 튀어나온 앞니 때문일 것이다. 그녀는 갑자기 작고 차가운 손을 내밀어 성급히 악수를 청한다. 다른 손은 갈색 종이에 싸여 있고 고무 밴드 두 개로 동여맨 그의 신간을 가슴에 끌어안고 있다. 그녀는 태어난 지 하루 된 병아리를 연상시키는 아주 미세한 동작으로 그의 손에서 자기 손을 빼면서, 갑자기 슬픈 미소를 짓고 말한다. 안녕히 가세요, 그리고 모든 게 고마웠어요. 정말 대단히 감사합니다. 하고 싶은 얘기가 더 있는데, 뭐라고 말해야 할지 모르겠어요. 그냥 오늘 밤은 절대 못 잊을 거라고 말하고 싶네요. 그 약국과 독약이 저장된 밀실 그리고 국회의원을 때리고 그와 똑같은 병에 걸린 삼촌 얘기는 결코 잊지 못할 거예요.

저자는 한 시간 내지 한 시간 반 동안 거리를 배회한다. 그의 두 발은 환하게 밝혀진 거리에서 샛길과 낯선 뒷골목으로 그를 이끈다. 셔터는 모두 닫혀 있고 빈혈로 고생하는 가로등이 이따금 어슴푸레한 불빛을 드리운다. 그는 걸으면서 담배 두 대를 더 피우고 머릿속으로 그 수를 헤아린다. 저녁부터 일곱인가 여덟 대다.

저녁 외출을 마친 남녀 두 쌍이 팔짱을 낀 채 그의 앞을 가로질러 집으로 간다. 그중 한 여자가 마치 누군가가 귀에 어떤 음탕한 제안을 속삭이기라도 한 듯 겁에 질린 비명을 지른다. 저자는 그 제안을 자세히 상상해 보려고 머리를 이리저리 굴리며 짜릿한 흥분을 탐한다. 그러나 아놀드 바르톡과 그의 어머니 오펠리아가 환기도 안 되는 방에 틀어박혀 땀에 축축이 젖은 잠자리에 누워 있는 악몽 같은 모습이 떠올라 그의 욕망은 피어오르기도 전에 꺼져 버린다. 늙은 어머니와 중년의 아들은 함께 초라한 매트리스 위에서 비 오듯 땀을 흘리고 있다. 앙상하게 마르고 핏줄이 불거진 몸뚱이가 축 늘어진 육중한 살덩이를 들어 올려 그 밑으로 요강을 집어넣으려고 안간힘을 쓰는 모습이 어둠 속에서 씨름하는 레슬러들 같다. 아들이 투덜거리고 어머니가 신음하는 동안 어둠 속에서 모기 한 마리가 이쪽 혹은 저쪽에서, 아니면 이쪽저쪽에서 동시에 작은 드릴처럼 왱왱거린다.

무정부주의자이자 피아노 조율사였던 오시야 삼촌은 브레너 가의 낡은 건물 지하실에 있는 작은 아파트에서 내내 혼자 살았다. 그는 거의 늘 실업자였고 가끔 이삿짐 운반이나 페인트칠 같은 임시직을 얻었다. 30대였을 때에도 통통한 흰 토끼 같았던 그를 사람들은 항상 〈오스카-누-카크〉라 불렀는데, 〈어이, 오스카, 잘 지내나〉라는 뜻이다. 사람들은 농담으로, 그가 지하 은신처에 추방당한 소련 지도자 레온 트로츠키의 아름다운 조카딸을 영국 정부와 당으로부터 숨겨 주고 있다고 말했다.

저자는 어릴 때부터 그것이 단지 농담이고 괴짜 삼촌의 지하실에는 미인이 숨어 있지 않다는 걸 알고 있었다. 그런데 지금 갑자기, 이쪽 벽에서 저쪽 벽까지 지하실의 가장 깊숙한 성소를 가리고 있던 곰팡이 핀 녹색 유포를 걷고 단 한 번이라도 그 뒤편을 용감하게 들여다보지 못한 것이 못내 아쉬워진다.

　그런 다음 그는 자신의 비겁한 행동을 후회한다. 너는 왜 로셸 레즈닉에게 방에 들여보내 달라고 청하지 않았는가? 그녀의 그 수줍은 창백함 너머에는 뜨거운 갈망, 어린애 같은 순진함, 채워지지 않은 욕망, 찬미와 감사로부터 흘러나오는 조용하고 정열적이고 순종적인 헌신이 뒤섞여 숨어 있다. 그것은 마음만 먹으면 네 것이 될 수 있었고 네 손바닥 안에서 부드럽게 팔딱이고 있었는데 넌 그것을 놔주고 말았다. 바보같이.

⚫➤

　저자는 계산을 해본 후, 시인 체파니아 베이트할라크미, 즉 부멕 슐덴프라이는 오래전에 세상을 떠난 게 분명하다고 결론짓는다. 오래전에 그는 「다바르」[10] 주말 부록 뒷면에 자신의 시를 정기적으로 실었는데, 〈삶과 죽음의 시〉라는 제목의 그 코너는 꽃무늬로 둘러싸여 있었고 미소를 띤 가면이 네 귀퉁이를 장식했다. 아니, 그건 비웃음이었는지도 모르겠다. 저자가 기억하

---

　10 Davar. 1925년에 창간된 이스라엘 노동당의 일간지. 1994년에 폐간되었다.

기로「삶과 죽음의 시」에 실리던 시들은 풍자적이거나 신랄하지 않았고, 전체적으로 다소 거들먹거리긴 했지만 따스하고 재미있게 당대의 문제들(이민자 수용, 난민 수용소, 긴축 정책, 시나이 반도 점령, 훌레 늪지의 매립, 주택난, 국경 분쟁과 침입자들의 습격, 신생 국가의 공공 부문을 어둡게 만드는 부정부패와 관료주의)을 다루었다. 그는 젊은 세대, 이스라엘에서 태어난 구릿빛 근육질의 이스라엘 젊은이들을, 외양은 강인하지만 내적으로 섬세하고 도덕적 책임감이 충만하고 놀라울 만큼 예민한 세대로 그렸다.

「삶과 죽음의 시」는 태고 이래 유대 민족의 모든 적들(우크라이나인, 폴란드인, 독일인, 아랍인, 영국인, 성직자들, 학자들과 관리들, 볼셰비키, 나치, 그리고 곳곳에 우글거리는 반유대주의자들)을 우리를 향한 악의, 증오, 가학적 쾌감으로 가득한 무자비한 악인으로 묘사했다. 국내에서 성장한 악인들, 즉 의견을 달리하는 시오니즘 단체들, 공산주의자들, 노조 운동의 반대자들과 조직적 유대인 공동체의 반대자들은 베이트할라크미의 책에 영혼이 뒤틀린 편협한 사람들로 등장했다. 그는 파리와 할리우드의 방식을 흉내 내는 보헤미안들을 철저히 증오했고, 만사를 경멸하고 풍자할 줄밖에 모르는 냉소적이고 불안정한 모든 지식인들을 혐오했으며, 그와 더불어 결국 벌거벗은 임금님의 새 옷밖에 되지 못하는, 현대 예술에 대한 지식인들의 잡문을 경멸했다.

예멘 사람들, 동물들, 토지 경작자들, 친절한 아이들에게는 어버이 같은 애정이 뿜어져 나오는 시들을 바쳤다. 그는 그들을 받들어 모셨고, 그들의 순결과 순수 그리고 소박한 영혼에 열광했다. 하지만 이따금 체파니아 베이트할라크미의 시행에서는 정치적이거나 이념적이지 않은 빛깔이 묻어나곤 했다. 그것은 그의 계급의식이나 열정적인 애국심과는 완전히 무관한, 신비로운 슬픔의 색조였다. 저자가 문학 행사에서 인용한 시가 그런 예였다.

수많은 현인들이 분별이 부족하고,
수많은 바보들이 황금의 마음을 지녔구나.
행복은 종종 눈물로 끝나지만,
마음속에 있는 것은 말로 할 수 없구나.

때때로 그는 망자를 위한 짧은 비문들을 싣기도 했다. 죽은 자는 잊히게 마련이고 이따금 아들이나 손자의 회상 속에서 숨을 쉬지만 그 기억마저 덧없다. 그를 기억하던 마지막 사람이 죽을 때 그 시의 주인공은 다시 한 번 최종적인 죽음을 맞기 때문이다.

❦

저자의 기억으로, 한때 베이트할라크미는 점차 시들고 낡아 가는 모든 것들, 사물과 사랑, 옷과 관념, 가정과 감정, 찢어지고 해지다 결국 먼지로 변하는 모든 것들의 경향에 대하여 「묵은 것을 쓸어 버리고」라는 시를 발표했다. 그는 〈홀로〉라는 단어를 자주 썼고, 가끔씩 그것을 〈고독히〉라는 보다 드문 단어로 대체했다.

오래전에, 1930~40년대, 아마 1950년대 초까지도 시인은 금요일 저녁에 종종 지역 문화회관, 건강 기금 요양소, 노동조합 모임, 대중 교육 운동 집회를 찾아가 대중 앞에 모습을 보였다. 그는 더 이상 젊다고 할 수 없는 여류 피아니스트나, 화려하면서도 천박하지 않게 어깨를 드러낸 드레스를 입은, 깊고 낮은 목소리의 감정적인 러시아 여가수를 대동하고 자신의 시를 낭독했다. 낭독과 막간 연주가 끝나면 그는 청중과 잡담을 나누거나 온화한 태도로 토론했고 아이들, 때로는 부인들의 볼을 꼬집으며 즐거워했다. 그는 자신의 책에 서명을 해주었고 대중의 사랑을 만끽했다. 당시 많은 대중이 그의 시를 처음부터 끝까지 외워서 낭송하곤 했다.

그런데 무슨 일이 일어났을까? 글쎄, 이를테면, 어느 날 아침 그의 아내가 전기다리미에 감전되는 사고로 죽었을지도 모른다. 시인은 1년 반을 기다린 뒤 그와 함께 무대에 서는, 가슴이 큰 여자와 결혼한다. 그 여자는 결혼한 지 보름 만에 그를 버리고 매부와 함께 미국으로 달아난다. 그 남자는 유쾌한 테너 목소리를 가진 화장품 제조업자였다.

어쩌면 그 시인, 체파니아 베이트할라크미는 아직 살아 있을지 모른다. 완전히 잊힌 채로 어딘가에서, 이를테면 헤퍼밸리 자락에 자리 잡은 어느 노동자 부락의 외딴 사설 양로원에서 질긴 여생을 보내고 있을 것이다. 혹은 요크네암 외곽의 어느 외진 요양소에서 살고 있을 것이다. 이가 다 빠져 버린 입은 흰 빵 조각을 우물우물 씹어 걸쭉하게 만든다. 그는 요양소 베란다에서, 천을 씌운 발판이 달린 갈색 안락의자에 가만히 앉아 몇 시간이고 보낸다. 그의 정신은 어느 때보다 맑지만, 오래 전부터 시를 쓰거나 그 시를 신문에 발표하는 일에 의미를 느끼지 못하고 이제는 차 한 잔과 정원의 고요함, 변화무쌍한 구름 모양에 행복을 느낀다. 정원의 나무 빛깔들을 음미하고 갓 베어 낸 풀 냄새를 들이마시기를 여전히 좋아하며, 실은 날로 더욱 좋아하게 된다.

　　이곳은 푸르고 평화로워라, 까마귀 한 마리
　　기둥 위에 홀로 앉아 있네.
　　사이프러스 두 그루가 함께,
　　또 한 그루는 고독히 서 있네.

　그는 하루 종일 베란다의 안락의자에 앉아, 종교 공동체에서 성장했지만 율법을 저버린 젊은 작가의 소설을 읽거나 자선 단체 창립자의 회고록을 읽는다. 그는 여전히 시력이 좋아 안경을 쓸 필요가 없다. 책을 읽는 도중에 그는 자신의 이름과 오래전에 쓴 시 두 편을 발견하고 이내 어린애처럼 즐거워한다. 그는 미소를 지으며 입술을 움직여 그 시를 읽는다. 그 자신도 거의 잊었고 다른 사람들 역시 까맣게 잊었을 것이라며 원망스

79

럽게 생각했던 시였건만, 여기 이 젊은 여자의 책에 실렸고, 어쨌든 다시 보니 졸작은 아니란 생각이 든다.

길게 뻗은 흰 눈썹 아래 푸르고 밝게 빛나는 순진무구하고 동그란 눈은 눈 덮인 바위산에 둘러싸인 한 쌍의 호수 같다. 한때는 토실토실했으나 이제 어린아이의 몸처럼 야위고 털 없이 매끄러운 몸은 양로원 로고와 〈마음은 젊게〉라는 표어가 찍힌 흰색 플란넬 실내복에 감싸여 있다. 시인의 왼쪽 입가에 작은 침방울이 새어 나온다. 두세 시간마다 간호사 나디아가 레몬차와 각설탕 하나, 껍질을 벗긴 흰 빵 한 조각을 가져온다. 그는 네 시간 동안 줄곧 움직이지 않고 그 자리에 앉아 약하게 코를 씨근거리며 평온하게 시골 공기를 마시거나 시골 냄새들을 음미하고, 빵 조각을 씹고, 종교 공동체에서 보내온 젊은 여자의 책을 뒤집어 무릎 위에 올려놓은 채 졸다가 퍼뜩 정신을 차리고, 그녀에 대해 생각하고, 죽음이 과연 완전히, 확연하게, 삶과 다른 것인지 고민하며 사색에 잠긴다. 죽음 전후의 시간 사이엔 어떤 유사성이, 적어도 유사성의 징후가 분명히 존재한다. 세상의 어느 두 시각이든 혹은 상황이든 둘 사이엔 일말의 유사성이 있기 때문이다. 어쩌면 시인은 이렇게

80

하루 종일 앉아 깊고 푸른 눈으로 우듬지의 흔들림과 구름의 움직임을 응시하고 있을 것이다.

그러나 조금만 계산해 보면 이 시인이 아직 살아 있을 가능성은 희박하다는 걸 알 수 있다. 그의 주간 칼럼 「삶과 죽음의 시」는 오래전에 자취를 감췄다. 「다바르」지의 주말 부록은 고사하기 일보 직전이다. 노동조합 운동, 히스타드루트[11]는 더 이상 예전 같지 않다. 보통 사람들에게 다가가 그들의 문화적 수준을 높여야 한다는 문화적 사명감과 도덕적 의무감으로 무장한 노동자 위원회들은 사라지고, 가난한 나라에서 하녀와 강제 노동자를 무더기로 수입하는 영리한 인력 회사들과 노예 상인들이 온 나라에 넘쳐난다.

필시 이 시인은 오래전에 타계했을 것이다. 어느 바람 불고 비 오는 날 뇌출혈로 사망해 황급히 매장되고, 장례식에는 외투로 몸을 감싸고 검은 우산을 펼쳐 든, 나이 지긋한 당직자 여남은 명이 참석했을 것이다. 지금 그는 여기서 멀지 않은 곳, 투쟁가 시인들과 사상가들을 위해 마련된 구역에, 그의 동지들과 적들, 같은 세

---

11 Histadrut. 공업, 집단 농업에 종사하거나 협동조합에서 일하는 노동자들을 포괄하는 이스라엘 최대의 노동 조직. 1920년에 결성되었다.

대의 시인들, 바르티니와 브로이데스, 하나니아 라이히만, 도브 촘스키, 캄존, 리히텐바움과 마이토스, 하나샤드미, 하나니, 아카이와 우크마니에게 둘러싸인 채 묻혀 있다.

그들의 사랑과 질투는 시들어 색이 바랬네.
그들의 책은 먼지가 되었고 그들의 검(劍)은 녹슬었네.
그들의 정원에 핀 꽃들은 시들어 잿빛이 되었네.
그들은 침묵 속에 잠들었고 더는 주를 찬양하지 않네.

•◦

여보세요, 죄송합니다만, 루시 있어요? 루시? 난 리키예요. 물론 기억이 안 날 거예요. 잠깐만 통화해요. 왜 전화했는지 설명할게요. 잠깐이면 돼요. 미안해요. 여전히 목소리가 예쁘군요, 루시, 당신 목소리에선 적포도주 맛이 나는 것 같아요. 나 리키예요, 기억나요? 찰리의 애인? 찰리와 사귀던? 기억나죠? 루시? 15년 전쯤이었죠? 알렌비 가 끝자락의 이사벨라카르멘 신부 미용실에서 일하던 리키인데? 맞아요, 그게 나예요. 아마 그때 우린 경쟁자였죠? 다 기억나요? 루시? 난 그 남자보다 당신이 더 마음에 들었던 모양이에요. 내가 그와 데이트를 시작했을 때 그에게서 당신 냄새가 났던 건 아닐까요? 아니, 잠깐만요, 루시, 끊지 말아요, 하늘에 맹세할게요, 당신이 생각하는 그런 게 아니에요, 날 믿어요. 난 이 세상에서 가장 정상적인 인간이에요, 그냥 듣기만 해요, 2분만 시간을 줘요. 당신의 새 이름과 전화번호를 어떻게 알았는지, 그건 걱정하지 말아요. 그냥 알게 됐어요, 그뿐이에요. 남편 성이죠? 걱정하지 말아요. 내가 찰리를 만났던 거 기억해요? 일주일인가, 아마 여드레쯤 만났을 거예요. 그쯤에서 끝났고 그는 당신에게 돌아갔죠. 꼭 벌레처럼 기어가더군요. 어쨌든 내 입장에서 보면 그건 다 당신 때문이었어요, 루시, 그런 일이 일어난 건 당신이 잠깐 그와 헤어졌기 때문이었고, 무엇보다, 그때도 내가 당신에게 홀딱 반했기 때문이었어요. 하지만 수줍어서 말을 못 했어요. 이제, 본론을 말할게요. 내가 전화를 건 이유는 어쩌면 당신이 언젠가 날 만나고 싶어 할 거라 생각했기 때문이에요. 우리 단둘이 어딘가에서 만나 그때 일을 전부 얘기할 수 있잖아요? 다른 얘기도 하고요. 아니, 장소는 상관없어요, 당신이 정할래요? 돈은 내가 내고? 난 커피로 할게요. 루시, 말해 봐요, 남편 있어요? 아님, 그냥 남자 친구? 애들은? 그럴 리가요, 취조하는 게 아니에요. 절대 아니에요. 왜 그런 생각을? 좋아요, 루시. 알았어요. 물론이에요. 다만 날 미친 여자라고 생각하지는 말아요. 내 말 들어 봐요. 난 당신 생각을 자주 했어요, 루시, 당신의 목덜미, 목소리, 친절한 마음씨, 눈, 그 시절의 당신의 마음…… 나 자신에 대해서보다 천배는 더 많이 생각했어요. 마치 당신과 내가 한편이고, 찰리는…… 정말이지, 난 이미 찰리를 잊었어요. 왜 우리가 그 남자 얘길 해야 하죠? 난 그 사람과 공통점이 하나도 없어요. 하지만 당신하고는 있어요, 루시. 여러 해가 지났지만 난 당신을 잊지 않았어요. 내가 원래 이래요. 비웃지 말아요. 내가 할 일이 없어서 예전에 알던 누군가에게 전화질이나 하는 한심한 년이라고 생각하지는 않겠죠? 아니에요, 그렇게 생각하지 말아요. 이렇게 생각해 봐요. 당신과 나, 우린 한 배를 탔죠? 그러니까 말이죠, 우린 같은 편이잖아요? 찰리가 나를 찬 것처럼 당신도 차버리지 않았나요? 우릴 이용해 먹고 구겨 버린 다음 쓰레기통에 던져 버렸죠? 클리넥스처럼? 좋아요, 루시, 전화로 다 얘기할 순 없어요. 정말이지, 날 아주 이상하게 생각해도 좋아요. 1분만요, 루시. 들어 봐요. 난 사귀는 사람이 없어요. 당신이 정 그렇게 생각한다면 말인데, 남자도 없고 여자도 없어요. 난 아무도 없어요. 그러니까, 당신 말고는요. 난 머릿속에서 그리고 한밤중 꿈속에서 당신과 함께 있는 상상을 해요. 사귀는 거? 파트너? 아니에요, 당신이 생각하는 그런 게 아니고요, 그보다는, 서로 자매 같다고나 할까요? 좀 엉뚱한가요? 아니, 많이 엉뚱한가요? 그래요? 당신은 생각해 본 적 없어요? 우리 둘이, 당신과 내가 일주일씩 차례로 에일랏의 같은 호텔, 같은 방, 같은 킹사이즈 침대에서 밤마다 심지어 한낮에도 그 남자를 위해 어떻게 했는지? 처음엔 당신이었고, 일주일 뒤엔 나였고, 그 다음 주에는 또다시 당신이었죠? 그는 어둠 속에서 나를 루시라고 부른 적이 아주 많았어요. 한번은 일본 식당에서 훤한 대낮인데도 그러더군요. 그가 나를 루시라고 부를 때마다 난 정말로 기뻤어요. 어두울 때 그가 당신을 리키라고 부른 적 많았죠? 아니라고요? 그럼 가끔씩 불쑥, 자, 내 사랑, 술잔 좀 이리 줘(무슨 뜻인

85

지 알죠?) 하고는 아주 천천히 그걸 하지 않았어요? 아님, 이리 와, 깜찍이, 자길 좀 묶어도 될까? 아님, 서서 오줌 싸는 걸 보여 줘, 아니라고요? 그렇다고, 그가 나를 차버리고 당신한테 돌아간 후에, 당신네 둘이 에일랏의 같은 호텔, 같은 방으로 들어갔을 때 거기서 내 생각을 한 번도 안 했다고는 당신도 말 못 하겠죠? 단 몇 번이라도? 그러니까, 그 리키란 여자도 똑같이 이렇게 아님 저렇게 했을 거야, 하고 그냥 생각은 해봤겠죠? 그가 그 리키란 여자를 그 라스베이거스 바로 데려가서 자기 숟가락으로 음식을 떠먹여 주고, 올리브에 꽂았던 꼬치로 치마 밑 거기를 살살 간질였을 거라는 생각을 전혀 안 해본 건 아니겠죠? 우리 둘이 마치 둘로 찢어진 한 여자 같다는 생각을 한 번도 안 해봤다고는 말 못 하겠죠? 우리 둘이 언젠가 에일랏으로 가서, 그러니까, 똑같은 호텔에 방을 잡는 거 어때요? 바로 그 방이면 더 좋겠죠? 루시, 아니, 전화 끊지 말아요, 난 미친 여자가 아니에요. 내 말 믿어 줘요, 루시, 그게 아니라, 조금만 더 얘기해요, 루시? 루시?

◆◆

어둠 속에서 낯선 뒷골목을 걸어가다 저자는 인도를 가로막고 있는 가시철조망에 부딪힌다. 주차 금지 표시판과 담장 난간 사이에 아이들이 장난으로 쳐놓은 게 분명하다. 철조망은 가슴 높이이고, 기운차게 걷던 저자의 입에서 경악과 고통, 무엇보다 분노가 뒤섞인 짧은 비명이 튀어나온다. 마치 어둠 속에서 누군가가 얼굴을 철썩 때린 것만 같다. 그런데 어찌된 영문인지, 그것이 뜻밖의 일이라기보다는 아주 당연한 일로 느껴지고, 심지어 덕분에 기분이 더 좋아진 듯하다.

물론 아놀드 바르톡, 택배 회사에서 임시직으로 소포를 분류하다 며칠 전 해고당했고, 수척한 얼굴에 안경을 쓴 그 남자에게 저자는 자신이 동업자로 일하는 회계사 사무실에 일자리를 찾아 줄 수도 있다. 우편물 담당이나 사무실 관리 같은 아주 천한 일이라도 괜찮을 것이다. 그는 적은 월급도 달게 받을 것이고, 시간이 지나면 혹시라도 회계나 기록 같은 다른 일을 배워 맡을 수도 있겠다. 저자는 중간 규모나 대규모 수출 회사 네댓 곳의 세금 업무, 특히 외환 소득과 관련된 업무를 맡고 있다. 아놀드 바르톡은 틀림없이 고분고분하고 감사할 줄 아는 겸손한 직원이 될 것이다. 그러나 빈정거리는 말투로 화를 돋우는 버릇은 여전할 것이다.

그런데 임시직을 잃어버린 지금 그는 하루 종일 무엇을 할까? 늙은 어머니가 코를 골거나 헝가리어로 된 소설을 읽는 동안 그는 기나긴 시간을 어떻게 보낼까?

아마 낡은 세탁소 구석에, 그의 아버지가 다리미판으로 쓰던 판자 앞에 앉아 영생의 가능성이나 불가능성에 관한 자기만의 은밀한 작품을 쓸 것이다. 어쩌면 그는 떼려야 뗄 수 없는 변증법적 대립 쌍처럼 생명과 죽음이 함께 생겨났다고 주장할지 모른다. 생명을 말하면 죽음을 말한 셈이고, 또 죽음을 말하면 생명을 말한 셈이라고. 생명이 지구상에 출현한 날 죽음도 함께 출현했다고.

그러나 이건 완전히 틀린 가설이라고 아놀드 바르톡은 생각한다. 수백만 년 동안 지구 위에서는 수조에 이르는 유기체가 죽음을 경험하지 않고 번성했다. 이 단세포 생물들은 죽지 않고 끊임없이 분열하면서 하나가 둘이 되고, 둘이 넷이 되고, 넷이 여덟이 되었다. 죽음은 존재하지 않았다. 현시대에 들어 다른 번식 방법, 즉 유성 생식이 출현했을 때 비로소 노쇠와 죽음이 출현했다.

그렇다면 이 세상에 방으로 함께 생겨난 것은 생명

과 죽음이 아니라, 성과 죽음일 것이다. 그리고 죽음은 생명보다 늦게, 억겁이나 늦게 생겨났기 때문에, 어느 날 죽음이 사라져도 생명은 사라지지 않을 거라고 희망할 수 있다. 그러므로 영생은 논리적으로 가능한 개념이다. 이 세계에서 죽음의 불가피성을 제거하고, 또 수많은 고통을 제거하려면, 성을 제거하는 방법을 찾기만 하면 된다.

작은 종이 위에 아놀드 바르톡은 수직선을 그린다. 그런 다음 선 오른쪽에 몇 자 적는다. 〈영생. 고통과 굴욕이 없다〉라고. 선 왼쪽에는 〈성, 고통, 질병, 노쇠, 죽음〉이라고 적는다. 그러고 나서 그 두 줄 밑에 〈그러나 가능성은 매우 희박하다〉라고 쓴다. 그리고 그 아래에 다음과 같이 덧붙인다. 〈시간은 언제 창조되었을까? 시간 이전에는 무엇이 있었을까? 시간 이후에는 무엇이 있을까?〉 그런 다음 바로 그 밑에 이렇게 쓴다. 〈현재 상태는 매우 열악하다.〉

저자는 만일 자신의 어머니가 살아 있다면, 아놀드 바르톡이 쉴 새 없이 못살게 구는 늙고 마비된 오펠리아를 돌보는 것처럼, 그도 어머니를 그렇게 돌볼 수 있을까 생각해 본다. 어머니와 아들 사이의 구체적인 육

체관계(땀, 요강, 어머니의 축 늘어진 허연 궁둥이, 뒤처리, 기저귀)가 뇌리에 엄습하자 저자는 얼굴을 찡그리고 구역질이 나려 한다. 그는 황급히 아놀드 바르톡의 병든 어머니로부터, 자신의 어머니로부터, 영생으로부터 생각을 거두고, 다시 로셸 레즈닉의 수줍음에 관한 사색을 시작한다.

❧

　거리를 둘러보고 아무도 없음을 확인한 뒤 저자는 두 울타리 사이로 난 좁은 샛길로 들어가 오랫동안 느긋하게 소변을 본다. 그러는 사이 그는 이킬로브 병원에서 암으로 죽어 가고 있는 오바디야 하잠을 생각한다. 그는 빠졌던 도뇨관을 요도에 다시 꽂은 채 침대에 매달린 플라스틱 용기로 뿌연 액체를 천천히 흘려보낸다. 용기가 거의 다 찼지만 당직 간호사는 자리에 없다. 그녀는 15분 전에 갑자기 디카페인 커피를 가지러 승강기 바로 맞은편의 옆 병동으로 사라졌고, 젊은 레지던트들 가운데 가장 귀엽게 생긴 의사와 마주치자 잡담을 나누느라 아직도 그곳에 있다. 지난 몇 년간 오바디야 하잠은 항상 자신의 뷰익에 웃음을 머금은 금발 미녀들을 가득 싣고 돌아다녔고, 좋은 일, 정치, 흥미거리에 돈을 펑펑 썼고, 머리에 작은 유대인 모자를 쓰고도 주말에 가끔씩 러시아 이혼남 두세 명과 어울려 터키의 카지노에 출입하곤 했지만, 이제 그의 신음 소리를 들어 줄 사람은 아무도 없다. 그는 약하게 간호사를 몇 번 부르지만, 그녀는 이미 20분 전부터 자리를 비웠다. 응급 호출 버튼을 눌러도 아무도 응답하지 않고, 옆 침대에서 쉰 목소리가 그를 향해 소리친다. 이봐요, 그만 좀 눌러요, 이제 다들 간신히 잠들려고 하는데.

❦

자신보다 적어도 스무 살은 많은 두 말기 환자 사이에 누워 병원에서 죽어 가는 오바디야 하잠을 생각하며 저자는 지퍼를 올리고 거리로 돌아와, 가시철조망을 조심스럽게 피한 다음 슈니아쇼르와 채석장 공격의 일곱 희생자 문화회관으로 초조하게 발걸음을 돌린다.

순간적으로 어렴풋한 형체 하나가 문화회관 계단에 앉아 그를 기다리고 있는 것 같다는 생각이 든다. 아마도 유발 다한 또는 유발 도탄이 아닐까. 이 가엾은 젊은 시인은 아직까지 저자에 대한 희망을 놓지 않고 한

밤중에 계단에 앉아 몸을 웅크린 채 덜덜 떨고 있다. 계단에 저자와 나란히 앉아 자신의 시를 가로등 불빛에 비춰 가며 최소 네댓 편 이상 읽고, 둘이 가슴을 터놓고, 필요하다면 동이 틀 때까지라도 얘기를 나누고, 성숙하고 경험 많은 작가와, 고통과 굴욕에 치여 자살을 생각하는 초보 작가 사이에 완벽히 솔직한 정서적, 예술적 교류가 이루어지리라 믿는다. 저자는 여러 작품에서 내가 느끼는 것과 같은 고통을 그렇게 자주 묘사했으니 그를 제외하고는 이 세상 어느 누구도 나를 이해하지 못한다. 비록 저자는 유명 작가이지만 모두에게 잘 알려진 페르소나 뒤에 수줍고 외롭고 심지어 슬프기까지 한 누군가가 숨어 있다는 것을 나는 행간에서 읽어 낼 수 있다. 그는 나와 아주 똑같다. 사실 그와 나는 쌍둥이 영혼이고, 그러므로 그는 나를 이해할 수 있고, 어쩌면 도와줄 수 있는 유일한 사람이다. 그가 아니라면 대체 누가 그렇게 할 수 있겠는가?

⚬

건물은 잠겨 있고 어둠에 묻혀 있다. 입구에는 대략 두 시간 전에 열린 문학 행사를 알리는 공고문이 그대로 붙어 있다. 문화국장 에루캄 슈데마티는 강도가 들지 않도록 1층 사무실의 전등을 켜두고 갔다.

하지만 저자는 미소를 지으며, 저녁부터 아침까지 그리고 밤이면 밤마다 밝혀져 있는 데다 길에서 들여다보면 안에 아무도 없다는 걸 알아차리고 안심할 법도 한, 이 사무실의 불빛을 보고 단념하는 강도라면 대단히 순진한 초보일 게 분명하다고 마음속으로 생각한다. 슈니아쇼르와 채석장 공격의 일곱 희생자 문화회관 전체에는 한 사람도 없고, 단지 맨 아래 계단에 앉아 바들바들 떨고 있는 시인 소년의 어렴풋한 형체만이, 당신이 그의 시를 봐주거나 옆에 앉아 말을 걸어 줄 거란 희망을 완전히 접고 그저 당신에게 자신의 쓸쓸한 그림자를 알아봐 달라고 애원하고 있지만, 사실 그것은 빈 종이 상자나 부서진 벤치 두어 개의 그림자에 지나지 않으리라. 그리고 두꺼운 안경 때문에 우스우리만치 확대된 두 눈을 생각해 보면, 소년은 지금 이 순간, 깊고 깊은 밤, 부모와 함께 사는 레인즈 가의 아파트, 제대로 된 방이 아니라 부엌 발코니에 석고 보드와 유리 벽돌 몇 장으로 막아 만든 자신의 방에서, 속옷 바람으로 누워 눈을 크게 뜬 채 절망에 빠져 당신만을 생각하고 있다는 걸 알 수 있다.

❖

만일 저기가 약 한 시간 전 두 사람이 거리에 서 있을 때 그녀가 가리킨 방이 맞다면, 만일 그가 헛갈린 게 아니라면, 문화회관 바로 건너편 로셸 레즈닉의 꼭대기 층 아파트에 드리워진 커튼 사이로 한 줄기 불빛이 새어 나온다.

그렇다면 그녀가 커튼을 맡긴 세탁소는 날이 저문 뒤 커튼을 세탁해 한밤중이 되기 전에 깔끔하게 말리고 다림질해서 주인에게 돌려보내는 커튼 전문 세탁소인 게 분명하다.

네가 착각한 것이 아니라면 그녀의 방은 저 하늘 높이에 있는 다른 방인가? 사실, 커튼을 세탁소에 보냈다는 그녀의 이야기는 너에게 암시를 주려던 것이었는지도 모른다. 그녀와 함께 올라가서는 안 된다는 암시였을까? 혹은 반대로, 올라가도 된다는 암시였을까? 그런데 넌 아무것도 알아차리지 못하고 무언가를 놓쳐 버린 걸까? 아니, 어쩌면 놓치지 않은 걸까? 어쨌든 그녀의 아파트에는 아직도 불이 계속 켜져 있다.

갑자기 저자는 이유를 따져 보지도 않고 건물로 들어간다. 그는 전등 스위치를 더듬어 찾으면서 이번에는 최대한 조심스럽게 움직인다. 조금 전 가시철조망이 가한 충격이 아직 갈빗대 하나에 남아 있는 탓이다. 그 부위를 만져 보니 셔츠가 몇 군데 찢어졌고 피가 흐른다. 손가락에 묻은 피가 잊었던 유년의 파편들을 상기시킨다.

저자는 어렵사리 계단통의 전등을 켠 다음 잠시 멈추고 늘 하던 대로 층계 발치에 있는 우편함을 조사한다. 빌하 & 시몬 페레코드닉. 아르논 가족. 구조공학자 알폰스 발레로 박사. 야니브 슐로스베르그. 라미 & 타미 벤톨릴라. 카플란 회계 사무소. 로셸 & 요이 레즈닉. (신중하고 세련된 필체로 씌어 있다. 요이가 요셸리토인가? 아니면 동거인이 있을까? 어쩌면 애인일지도?)

세입자 위원회 앞으로 된 큰 우편함도 있다(전단지 광고지 절대 사절!!!). 계단통은 다소 초라하다. 벗겨진 회반죽과 연필로 휘갈긴 낙서가 여기저기 보이고 난간은 녹이 슬었고 계량기 함 문은 휘어진 경첩 한 개에 기적적으로 매달려 있다. 〈야니브 슐로스베르그의 집〉이라 표시된 문 앞을 지나자, 와아 하는 탄성과 환호와 함께 긴 박수갈채가 터져 나오고, 뒤이어 텔레비전에서 유리 깨지는 소리가 흘러나온다.

이제 거의 자정이다.

그런데 당신은? 사람들은 물을 것이다. 이 늦은 시간에 여기서 뭘 찾고 있지? 당신은 정말 제정신인가?

╺━▶

바로 그 순간, 2층 야니브 슐로스베르그의 아파트에서 총소리가 들리자 저자는 여기서 나가야겠다고 결심한다. 그는 제 스스로 움직이는 발걸음에 이끌려 초저녁에 들렀던 카페로, 웨이트리스 리키가 치마 속 팬티의 윤곽을 보여 준 그 카페로 향한다.

카페는 아직 문이 열려 있을까? 그녀는 아직 그곳에 혼자 구석 테이블에 앉아, 문을 닫기 전 마지막으로 핫초콜릿 한 잔을 홀짝이고 있을까? 그녀는 이제 막 화장실로 가서 치마를 청바지와 블라우스로 갈아입고 편한 샌들로 갈아 신을 것이다. 그리고 카페를 떠나려 할 때 누군가가 이렇게 제안하지 않을까? 텅 빈 밤거리에는 당신처럼 예쁘고 매력적인 여자를 괴롭히는 사내들이 있게 마련이니 집까지 바래다주겠다고.

아니면, 저자는 2층에서 발길을 돌리는 대신 곧장 로셸 레즈닉의 문까지 두 층을 더 올라간다. 계단의 전등이 꺼지고, 아래층 층계참에서 누군가 전등을 다시 켜고, 불이 다시 꺼지는 사이 그는 잠시 망설인다. 저자는 문에 귀를 대본다. 그녀는 아직 깨어 있을까, 아니면 그가 커튼 사이로 봤던 불빛은 그저 잘 때 켜놓는 야간등일까? 그녀는 고양이와 단둘이 있을까? 아니면 건장하고 젊은 애인이 그녀 옆에서 자고 있을까? 그렇다면 대단히 창피한 노릇이다. 실례되는 질문이지만, 지금 이 순간 너 자신의 모습이 어떨 것이라 생각하는가? 아직 젊고, 다정하고, 친절하지만, 단지 썩 매력적이지 않은 독신녀의 은밀한 욕망들이 구현된 존재인가? 아니면, 이 근방에서 18개월이 넘도록 수배 중인 계단 강간범의 배역을 연기하고 있는가? 아니면 단지 한밤중에 종종 계단통에 나와 소설의 영감을 얻으려 하는 젊은 시인 유발 다한처럼 혼란과 열병에 사로잡힌 사람인가?

수많은 현인들이 분별이 부족하고,
기타 등등…….

열병에 사로잡힌 우리의 저자는 악마의 유혹에 못 이겨 문을 조심스럽게 열어 본다. 물론, 잠겨 있다.

그렇다면 너의 수줍은 낭독자는 어쩌고 있을까?

그녀는 오래전에 잠자리에 들었다. 너처럼 혼란에 빠진 나방을 유인하려고 야간 등을 켜놓고서.

그러나 또 다른 가능성이 있다. 그가 조용히 문손잡이를 돌리는 사이 아파트 안에서 소리가 난다. 즉시 그는 생각을 고쳐먹고 달아나지만, 너무 긴장한 탓에 계단의 전등도 켜지 않고 한 번에 두 계단씩 뛰어 내려가다 마지막 모퉁이에서 발을 헛디디고는 계량기 함에 어깨를 세게 부딪치고, 그 바람에 경첩 하나에 기적적으로 매달려 있던 계량기 함 문짝이 떨어져 나가 난간에 부딪혀 엄청나게 큰 소리를 내고, 아마 〈야니브 슐로스베르그의 집〉이라고 적힌 아파트일 텐데, 그 집 문이 열리고 남자가 묻는다. 실례지만, 이 야심한 밤에 누굴 찾아왔는지 물어봐도 되겠소?

그가 그를 알아볼까? 신문에 실린 사진들이나 텔레비전의 인터뷰 프로그램을 기억하고? 그런데 그는 뭐라고 둘러댈 수 있을까? 죄송합니다, 전 하이드라고 합니다만, 급하게 지킬 박사를 호출해도 되겠습니까?

••

　그러나 또 다른 가능성이 있다. 저자는 아파트 안에서 나는 소리를 듣고도 달아나지 않고 그 자리에 못 박힌 듯 멈춰 선다. 잠시 후 그는 그녀에게 쪽지를 써서 문과 문설주 사이에 꽂아 놓기로 마음먹는다(맨 아래층, 그녀와 요셀리토가 함께 쓰는 우편함에 넣어 두는 편이 나을까?). 쪽지에는 이렇게 쓴다. 로셀, 오늘 저녁 낭독은 훌륭했소. 감사의 뜻을 전하기 위해, 그리고 당신이 사악한 마녀나 용에게 잡히지 않고 당신의 상아탑에 안전하게 돌아갔는지 확인하기 위해 나중에 다시 들르겠소. 그리고 당신이 허락한다면 이 쪽지를 오늘 밤의 작별 키스로 대신하겠소. (그는 쪽지에 자신의 이름 첫 글자로만 서명하려고 한다. 아니, 서명을 하지 않는 편이 나을까? 해봐야 무슨 소용이람?)

　혹은 이럴 수도 있다. 저자가 도망치려는 순간 로셀이 문을 연다. 그녀는 잠들지 않고 침대에 앉아 생각에 골몰하던 차에 문손잡이가 미세하게 움직이는 것을 보고서 비록 겁은 났지만 급히 달려와 문구멍으로 내다보았고, 문밖에 있는 사람을 보고는 주저하거나 그가 노크하기를 기다리지 않고 즉시 문을 연 것이다.

로셸은 수수한 반소매 면 잠옷을 입었는데, 밑단은 거의 발목까지 내려오고 목 부분에 달린 단추는 모두 꼭 채워져 있다. 문구멍으로 내다보며 황급히 목 위의 단추 두 개를 채웠을까? 아니면 항상 이런 식으로 잠옷 단추를 모두 채우고 잠자리에 드는 것일까? 누구든 그녀의 꿈속으로 몰래 숨어들려는 자들을 막기 위해서?

로셸 레즈닉이 놀라서 미소를 짓는다. 다람쥐 같은 얼굴에 두려움과 기쁨이 깜빡거린다.

당신이었군요? 다시 왔군요?

저자 눈에는, 밤에 보는 그녀의 미소가 저녁때 드물게 짓던 미소보다 더 대담하고 당당한 것이 놀라울 따름이다. 오히려 지금은 저자 자신이 너무나 부끄러운 나머지 무슨 말이든 주워섬기고, 시간을 끌고, 뭔가 이야기를, 해명이든 변명거리든 지어낸 다음, 꽁무니를 빼고 달아나려 한다.

그의 입술이 제멋대로 움직인다. 들어 봐요, 로셸, 사실, 내가 다시 온 건 뭔가를 잊은 게 생각이 나서요. 그러니까, 아까 당신에게 정말로 해주고 싶은 게 있었는데 깜빡 잊고 못 했던 거요. 그게 뭔지 맞혀 봐요. 내가 당신에게 해주려다 잊어버린 게 뭐였을지?

그녀는 문가에 서 있다. 서둘러 그를 안으로 들이고 문을 걸어 잠근 다음이다. 그녀는 장벽처럼 잠옷 안의 납작한 가슴을 가리기 위해 가슴 앞에 굳게 팔짱을 끼고 있다. 지금 그녀의 목소리는 무척 차분하다. (물리학 실험처럼 그의 당황 수치가 올라가자 그녀의 수치가 떨어져서?) 모르겠는데요. 당신이 해주려다 잊은 게 뭐죠?

당신 책을 잠시 갖고 와보겠소?

내 책이요? 무슨 책이요?

당신의 책. 그러니까, 내 책. 당신이 오늘 저녁 문화회관에서 읽은, 아주 아름답게 낭독한 그 책 말이오. 그 책에 당신을 위해 몇 마디 작은 메시지라도 써주고 싶었는데, 흥분해서 그만 잊고 말았소. 조금 전에, 30분 전에야 기억이 나더군. 그래서 발길을 돌려 당신에게 곧바로 돌아왔소.

❧

책장 꼭대기에서 검고 하얀 얼룩 고양이가 오만한

표정으로 그를 노려보면서, 이 방문객도 신기할 게 전혀 없다는 듯 빈정거리는 투로 눈을 깜박거린다. 이런저런 작가가 얼굴을 붉히며 찾아와 방금 기억이 났다며 자기의 신간 여백에 개인적인 메시지를 적어 주는 것은 여기, 이 지붕 아래서 매일 밤 자정마다 보는 일상적인 모습이란 듯이.

만나서 반갑군. 자네가 미스터 요이겠지? 저자는 양해도 없이 집 안으로 들어가 침대 머리맡에 있는 탁자로 가서는 허리를 굽히고 그녀에게 진심 어린 헌사를 써주고 질투심 많은 요셀리토의 이름을 덧붙인 다음, 다시 허리를 굽히고 작은 꽃과, 어딘지 교활하고 음흉해 보이는 콧수염 난 고양이 그림을 추가한다.

로셸이 말한다. 실은, 당신에게 사과할 게 있어요. 내가 틀렸어요. 당신이 날 바래다줄 때 커튼을 세탁소에 맡겼다고 말했죠. 하지만 아니었어요.

그리고 잠시 후에 말을 잇는다. 아니, 내가 틀린 게 아니라 진실을 말하지 않았던 거죠. 죄송해요.

왜 그랬소? 나를 올라오지 못하게 하려고 구실을 찾았던 거요? 조금 겁이 났던 거요? (그의 손이 잠시, 무심결에, 그녀의 뺨을 쓰다듬는다. 측은해하거나 유혹하는 손길이 아니라, 늦은 밤의 애정 같은 것이 일어서다.)

그래요, 겁이 났어요. 모르겠어요. 당신 때문에 수줍었어요. 솔직히 그때 내가 당신이 올라오기를 원하면서도 두려웠는지, 당신에게 그만 돌아가시는 게 좋겠다고 말하기가 두려웠는지, 아니면 두렵다고 말하는 게 두려웠는지 알 수가 없네요. 심지어 아직도 모르겠어요.

이 말을 듣고 그는 그녀의 머리를 끌어당겨 어깨에 누르고 그녀가 빠져나가지 못하게 꼭 끌어안는다. (겁에 질린 작은 다람쥐여, 내게서 달아나지 말아 다오.) 그러는 사이, 그는 그녀의 모습이 갑자기 훨씬 더 매력적이라는 걸 알아차린다. 아마도 밤이라 풀어 내린 풍성한 머리가 등허리까지 내려와 찰랑거리기 때문이리라.

그의 손이 그녀의 머리를 어깨에 누르고 있는 동안 그녀는 수줍은 소녀처럼 갑자기 뜻밖의 질문을 꺼낸다. 방금 내가 아직도 모르겠다고 말했죠. 그렇게 말하지 말았어야 했나요? 심지어 아직도 모르겠다고?

그는 그녀의 어깨를 꼭 껴안은 채 그녀를 탁자에 기대 놓고 귀 밑에 키스한다. 분명치 않은, 다소 아버지 같은 키스다. 그러나 그는 계속해서 말이 줄줄 흘러나오는 것을 멈추지 못한다.

글쎄, 어디 봅시다. 당신은 심지어 아직도 모르겠다? 아직도 당신은 심지어 모르겠다? 심지어 아직도 당신은 모르겠다? 아직도 당신은 심지어 모르겠다? 아직도 심지어 당신은 모르겠다? 모르겠다 당신은 심지어 아직도? 자, 이 중에서 적합하지 않은 것을 지워 보시오.

그녀의 입술이 대답을 하는 대신 그의 살결을 간신히 스치며 그의 목을 간질이자 그때서야 저자는 그만 말을 멈춰야 한다는 것을 깨닫는다. 그래서 그는 말장난을 접는데, 분명 오늘 아침 면도한 뒤로 자라나서 그녀의 피부에 스치고 있을 억센 수염을 떠올리고는 창피함을 느낀다. 하지만 그 수염이 오히려 그녀를 자극했는지 그녀는 손톱으로 그의 목 뒤를, 이번에는 부드럽지 않게, 갑자기 힘을 주어 문지른다. 이에 답하여 그는 그녀의 뒷덜미가 자신을 향하도록 그녀를 돌려세우고, 그녀의 긴 머리를 한쪽으로 넘기고 그녀의 목에 입술을 갖다 댄 채 목덜미에 난 가는 머리카락 위로 이리저리 혀를 가볍게 움직이고, 그러자 긴 머리채가 그녀의 등 뒤로 잔물결을 일으키며 흘러내린다. 이제 그는 다시 마주 보도록 그녀를 돌려세우고 그녀의 입술에 조심스럽게 머뭇거리며 입을 맞춘다. 곧 키스는 점점 더

깊어지고 두 사람의 혀는 앞뒤로 움직이며 식욕을 억누르면서 동시에 자극하기 시작한다. 그는 그녀의 냄새를 들이마시고, 그 속에서 희미한 구강 청결제 향과, 간신히 감지할 수 있을 정도로 약한 레몬 향 요구르트와 빵 냄새가 함께 나는 듯하다고 생각한다. 이 냄새의 칵테일이 세상의 어떤 향수보다 그를 황홀하게 하고 강하게 흥분시킨다. 순간적으로 그는 자신의 체취와 입에서 풍기고 있을 냄새가 걱정되고, 먼저 샤워를 해도 되겠냐고 묻지 않은 것이 후회스럽지만, 그걸 어떻게 물을 수 있었겠는가? 그리고 이제 그녀에게 뭘 물어보기엔 너무 늦어 버렸다. 그녀는 이미 몸을 그에게 밀착시킨 채 입술로 그의 가슴을 더듬기 시작했다. 얼마간 수줍음이 남아 있지만, 그것을 이겨 내고 어색함을 물리치려는 절박함과 열정이 배어 나온다. 마치 그녀의 몸이 그녀를 조종하면서 부디 자신을 가로막지 말라고 애원하는 것처럼.

지금 그녀는 자신의 몸을 그에게 열정적으로 밀어붙이고 있어서, 그는 그녀가 갑자기 옷 너머로 그의 발기를 느끼고 물러나거나 흠칫 놀라거나 불쾌해하지 않을까 걱정한다. 하지만 그녀는 그 사실을 깨닫고는 당황

105

하거나 뒤로 물러나기는커녕 마치 그동안 외로운 꿈속에서 이 순간을 준비해 온 것처럼 그를 꼭 붙잡고 자신의 몸을 그의 몸에 밀착시키고 그의 등이 너른 바다인 양 그 위로 기쁨의 돛단배들을 띄워 이리저리 휘젓고 다닌다. 그녀는 손톱으로 그의 살갗에 휘몰아치는 흰 포말을 일으킨다.

두 사람은 그녀의 싱글 침대 옆에 서 있으니 수직에서 수평 상태로 이동하기란 어렵지 않고, 그러다 보니 어느새 나란히 모로 눕게 된다(침대가 비좁기 때문이다). 바로 그때 형언할 수 없는 일이 벌어진다. 두 사람은 좀 더 편히 눕기 위해 우연히 똑같은 순간에, 마치 수백 번의 연습을 거쳐 정확히 한 순간에 동작을 취하는 한 쌍의 무용수처럼, 완벽한 조화를 이루어 단순한 동작을 취한다. 이 놀랍고 상상할 수 없을 만큼 정확한 동작에 두 사람은 똑같이 킥킥거리고, 그로 인해 흥분이 고조되는 과정에 남아 있는 창피함이나 긴장이 완전히 사라진다. 그리고 침대가 비좁기 때문에 그들은 서로의 몸을 꼭 잡고 모로 누워야 하고, 매번 움직일 때마다 어떻게든 조화를 이루어야 하는 것이 꼭 파드되[12]를

12 *pas de deux.* 발레의 2인무.

추는 것 같다. 딱 한 번 팔꿈치와 어깨가 부딪힌 것을 제외하고는 그 춤이 완벽할 정도로 매끄럽게 흐르자 저자는 놀라움을 느낀다. 그녀가 특별히 경험이 많을 거라 생각하지 않았고 그 자신도 딱히 대가라 볼 수 없기 때문이다. 그의 손이 그녀의 허벅지로 내려가자 그녀가 속삭인다. 잠깐만요, 요셀리토를 욕실에 넣고 문을 닫아야겠어요. 거북하네요. 그러자 그가 속삭인다. 질투하면 어떻소? 그냥 지켜보게 놔둬요, 한두 가지 요령을 터득할지도 모르고.

그녀가 부드럽고 다정한 목소리로 고양이를 달래고 욕실 문을 닫는 소리가 들린다. 그런 다음 그녀는 침대로 돌아와 옆으로 눕고는 그를 안고 쓰다듬지만, 어느 쪽도 다음에 뭘 해야 할지 모른다. 결국 그의 손가락들이 면 잠옷을 비집고 들어와 그녀의 젖가슴에 이르자 그녀는 그의 손을 두 손으로 감싼 다음 항상 창피함을 느끼는 작은 젖가슴에서 떼어내 마치 보상이라도 하듯 아래로 가져가 배 위에 놓는다.

이야기하고 싶은 충동이 다시 돌아와 그는 낮은 목소리로, 이봐요, 로셀, 하고 말하지만, 그녀가 입술을 포개자 이내 포기한다. 대신에 그는 그녀의 이마, 관자

107

놀이, 눈가, 눈 밑에 입을 맞추고, 곡선을 그리며 어깨로
이어지는 목의 우묵한 부분들에 차례로 입을 맞춘다.
그녀는 살짝 간지럼을 탄다. 이 키스의 의도는, 느리고
비밀스럽게 남쪽으로 진행 중인 그의 손길로부터 그녀
의 관심을 돌리려는 데 있다. 그러나 로셸이 그를 제지
하고는 말한다. 잠깐 기다리세요, 난 아직 조금 무서워
요. 그러자 그가 순순히 멈추고 속삭인다. 놀라겠지만,
당신만 그런 게 아니라 나도 약간 두렵소.

　　물론 그는 그녀가 느끼는 수줍은 불안과 그가 느끼
는 발기 부전에 대한 두려움이 조금도 닮았다고는 생
각하지 않지만, 사실 두 두려움은 꽤 비슷하다. 그녀는
필시 그가 사랑의 경험이 풍부해서 그녀의 서툰 몸이
줄 수 있는 것들을 틀림없이 실망스럽고 따분하게 여
길 거라고 생각할 것이다. 한편 그는 그의 욕망이 이미
몇 번 그랬던 것처럼 사전 경고도 없이 그를 떠나 버리
지는 않을까 하고 늘 그러듯 두려워한다. 그렇게 되면
그녀는 그를 혹은 그녀 자신을 어떻게 생각할까? 열정
에 사로잡혀 한밤중에 그녀 집으로 뛰어들었지만 그
열정이 단지 허울이고 사기였다는 게 밝혀진다면 그녀
는 그를 뭐라고 생각할까? 능숙하고 경험이 많을 거라

고 상상했던 남자가 사실은 지나치게 흥분하다 쉽사리 오그라드는 소년처럼 보잘것없단 것을 알게 되면 그녀는 어떻게 생각할까?

그리고 이러한 두려움이 마음속에 고개를 들자 그것은 곧 현실이 된다. 그는 그녀를 꼭 끌어안고 있지만, 이제 자신이 발기하지 않은 것을 그녀가 알아차리지 못하게 그녀의 몸을 풀어줘야 한다.

조금 전만 해도 그는 그녀가 발기를 눈치채지 않을까 걱정했는데, 이제는 거꾸로 발기하지 않은 것을 알아채지 않을까 하는 불안이 밀려온다.

그의 머릿속으로 짓궂은 꼬마 도깨비가 불쑥 뛰어들어 이제 그들은 피장파장이라고 지적한다. 그녀는 줄곧 자기 가슴이 얼마나 작은지를 감추기 위해 너에게 가슴을 밀착시키지 않으려고 조심했고, 이제 너는 그와 다소 비슷한 이유로 그녀에게서 허리를 빼고 있지 않은가.

도깨비가 방금 한 말을 그녀에게 속삭여야 할까? 그러면 그들은 함께 속 시원히 웃을 수 있고, 불안이 누그러지고, 걱정거리나 꺼림칙한 비밀, 우스꽝스럽거나 어색한 기분이 말끔히 사라져 정말로 즐거움을 만끽할 수 있을 텐데.

하지만 그는 황급히 그 작은 도깨비를 잠재우고 입을 다문다. 도무지 비교가 안 되는 비교를 속삭이는 대신에 그는 그녀의 어깨와 옆구리에 입을 맞추기 시작하고, 재치 있게 그녀의 젖가슴을 지나친 다음 몸을 구부려 그녀의 배를 조금씩 베어 먹고 키스 도중에 몇 번 그녀를 능숙하게 애무하여 그녀의 몸속 깊은 곳으로부터 부드럽게 꼬르륵거리는 소리를 끌어낸다.

로셸을 애무하는 동안 그는 두 눈을 꼭 감고 꺼져 버린 불씨를 되살리기 위해, 그날 이른 저녁, 문학의 밤 행사에 가기 전 리키의 짧은 치마 위로 드러나 그를 대단히 흥분시켰던 속옷 윤곽, 그 비대칭적인 팬티 선을 머릿속에 떠올린다. 그는 이어서 억지로 상상한다. 리키가 그를 위해 한 손으로 치마를 엉덩이 위로 들어 올리면서, 다른 한 손은 팬티 속으로 슬그머니 집어넣어 팬티를 가랑이 아래까지 끌어내리는 모습을. 그리고 엘리앗의 호텔 방에서 리키와 그녀의 축구 선수 애인인 찰리 사이에 벌어졌을 일, 혹은 같은 호텔 같은 방에서 찰리와 파도의 여왕 선발 대회 준우승자인 루시 사이에 벌어졌을 일, 또는 찰리와 두 여자가 함께 벌였을지 모를 일, 또는 찰리를 빼고 리키와 루시가 침대에서 벌였을지 모를 일을 그려본다.

하지만 어느 것도 도움이 되지 않자 그는 밤낮으로 여자 몸을 애타게 갈망하다 급기야 자신의 삶을 경멸하게 된 젊은 시인, 유발로 변신하는 상상을 시도한다. 자, 이제 넌 유발이고, 마침내 벌거벗다시피 한 여자의 몸을 얻게 되었다. 그녀를 가져, 하고 싶은 대로 해, 그녀의 잠옷을 벗기고 뜨거운 갈증을 남김 없이 풀어 봐.

➻

그가 느끼는 자부심과 굴욕의 엇갈림을 로셸은 알아차리거나 혹은 그저 추측한다. 그녀는 얼굴을 그의 쇄골에 묻으면서 진심 어린 목소리로 말한다. 정말로 지금 내 곁에 있다고 말해 줄래요? 이 모든 일이 꿈속에서 일어나는 게 아니라고 믿게 해줘요.

그의 손이 그녀의 잠옷 자락을 엉덩이 위로 끌어올릴 때 그의 손을 막지 않는 것은 필시 이 모든 일이 꿈속에서 일어나는 게 아니라고 믿기 때문일 것이다. 그녀는 그를 막지 않을 뿐 아니라 그의 손을 잡고 잠옷의 결보다 훨씬 더 섬세하고 매끄러운 살결로, 주름지고 축축하고 후미진 곳을 넌지시 암시하는 따뜻한 살결로 인도한다. 마침내 그는 다시 한 번 부풀어 오르고, 가엾은 유발이나 웨이트리스 리카나 그녀의 치마 속 팬티 선이 완전히 불필요해진다. 거의 순식간에 그의 욕망은 한껏 고조되고 그는 클라이맥스에 도달할 것 같은 압박감을 지연시키면서 신체적으로 예민한 각성 상태를 유지하고, 자신의 만족을 미루고 그녀에게 거듭 전율을 주는 데서 짜릿함을 느끼고, 자신의 너그러운 태도에 즐거워하고, 어떻게 하면 그녀가 더는 쾌감을 느낄 수 없을 때까지 그녀에게 점점 더 강렬한 쾌감을 줄 수 있을지 알 것만 같은 단계에 이른다. 그러자 그는 모든 면에서 자신을 완전히 억누르고서, 이제는 한껏 노련해지고 영감으로 충만해진 손가락들로, 그녀의 기쁨을 한 척의 배처럼 부두로, 가장 깊숙한 정박지로, 쾌감 한가운데로 조종하기 시작한다.

그는 인간의 귀로는 들을 수 없는 심해의 소리를 포착하는 음파 탐지기처럼 아주 미약한 신호에 주의를 쏟고, 그녀의 몸속에서 흘러나오는 작은 신음 소리들을 기록하면서 계속해서 그녀를 자극하고, 신음 소리와 그다음 신음 소리를 구별 짓는 미묘한 차이들을 수신하면서 무의식적으로 분류하고, 마치 자신이 섬세한 지진계로 변신한 것처럼 귀보다는 피부로 그녀의 호흡에 일어나는 미세한 변화들과 그녀의 살갗에 이는 잔물결들을 감지하고, 그녀의 몸에서 일어나는 반응들을 포착해 즉시 해독하고, 자신이 발견한 것들을 바탕으로 능숙하고 정밀한 항해를 펼친다. 모든 모래톱을 예측해 조심스럽게 피하고, 물밑의 암초들을 차례로 우회하며 키를 조종하고, 좌우로 오가고 앞뒤로 넘나들고 마음대로 드나들고 쓰다듬다 멀어지면서 그녀의 온몸을 전율하게 하는 그 느릿하고 거친 조종을 계속하며 모든 험난한 장애물을 매끄럽게 통과한다. 어느덧 그녀의 신음은 얕은 흐느낌과 한숨과 탄성으로 변하고, 문득 그의 입술은 그녀의 뺨이 눈물로 홍건하다는 사실을 알려 준다. 그 모든 소리, 숨결, 전율, 그녀의 피부에 이는 물결 하나하나에 힘입어 그의 손가락들은 기교를 부려 가며 그녀를 모항으로 몰아간다.

그녀에게 몰아치는 쾌감의 파도가 높아지면 높아질수록 그의 자부심은 부풀어 오르고, 그는 자신의 만족을 더욱 즐겁게 지연시키면서, 그녀의 억눌린 흐느낌이 완전히 분출될 순간을, 거세지는 파도가 급류에 휩쓸린 종이배처럼 그녀를 완전히 집어삼킬 순간을 기다린다. (고상한 열망과 헌신적인 의무감에도 불구하고 그는 때때로 자신의 긴장한 몸을 그녀의 허벅지에 문지르는데, 갈망을 채우는 동시에 더욱 날카롭게 만드는 그 마찰 때문에 본격적인 쾌감에 도달하고 싶은 성급함에 사로잡히지만, 다시금 자신이 좋아서 하는 정밀한 키질에 집중한다.)

∞

이제 그는 음악가처럼 건반 위를 오가는 열 손가락의 움직임에 푹 빠져, 불과 몇 시간 전에 왜 이 수줍은 다람쥐가 상냥하고 예쁜 편이지만 매력적이지 않다고 느꼈는지 더 이상 생각나지 않는다. 그는 두 손을 더듬어 잠옷 속에 감춰진, 열두 살 소녀의 것 같은 젖가슴을 찾고, 이번에는 그녀도 자신의 쾌감에 취해 그를 막지 않는다. 두 손으로 젖가슴을 감싸 쥔 그는 연민과 욕망으로 차올라 자신의 혀를 그녀의 젖꼭지로 가져간다. 두 젖꼭지를 입술로 번갈아 물어 가며 혀로 섬세하게 애무하고, 그사이 그의 손가락들은 그녀의 은밀한 꽃잎 위에서 노닐고, 꽃잎 속 봉오리는 마치 세 번째 젖꼭지처럼 단단하게 부푼다. 이제 그의 입술과 혀가 손가락을 뒤쫓는다. 그러자 그녀는 아기처럼 갑자기 엄지손가락을 입에 물고 큰 소리로 빨기 시작하더니 별안간 잡아당긴 활처럼 등을 구부린다. 곧이어 그녀는 난생처음 부두에 도착한 것처럼, 마치 여기에 그녀를 위해 준비된 것을 꿈꿔 본 적조차 없는 것처럼 깊은 해저에서 울려나오는 듯한 길고 부드러운 외침을 터뜨려 쾌감과 놀라움을 동시에 표출한다.

그녀는 갑자기 흐느끼기 시작하고, 그에게, 이런, 내가 울고 있네요, 라고 말한다. 그녀는 이 계집애 같은 울음을 숨기느라 작은 설치류 얼굴을 그의 어깨에 파묻고 속삭인다. 미안해요, 아직은 당신 때문에 조금 수줍은 것뿐이에요.

그녀는 그의 볼과 눈썹을 쓰다듬기 시작하고, 천천히 오래 애무하면서 울음을 멈추고 평정을 되찾는다. 그러다 2~3분 후 그녀는 갑자기 일어나 앉더니 허공에 팔을 쳐들어 면 잠옷을 잡아 올린다. 그녀의 엉덩이 근처에 말려 있던 잠옷이 그녀의 머리 위로 올라가 시야에서 사라지는 순간 그녀가 말한다. 이젠 봐도 좋아요. 그런 다음 그녀는 다시 똑바로 누워 마음을 열고 그를 기다린다. 그러나 그녀가 쾌감을 느낀 후 긴장을 푼 그 순간 그는 또다시 찾아온 발기 부전을 숨기느라 그저 태아처럼 모로 누워 있다. 혹시나 그녀가 화를 내지 않을까, 스스로를 책망하지 않을까 두려워진다.

그러나 그녀는 자신도 알지 못했던, 그는 물론 자기 자신마저 깜짝 놀라게 할 만한 용기를 끌어내, 손가락에 침을 묻힌 다음 주저하듯 팔을 뻗어 그의 성기를 잡고 축축한 손가락을 앞뒤로 매끄럽게 움직여 애무한다. 12년 전 그녀가 아직 어렸을 때 만난 첫 번째 남자친구나 그로부터 5년 반 뒤에 만난 유부남에게는 감히 이런 애무는 엄두도 못 냈다.

이 애무를 통해 그녀는 이미 짐작했던 사실을 확인하고 화를 내기는커녕, 그녀의 속마음을 넘겨짚으며 그가 느끼고 있을 거북함, 불안, 수치심을 간파하고 따뜻한 애정, 관대함, 모성적인 연민의 물결에 휩싸인다.

그녀는 그에게 도움이 된다면 무엇이든 해야 한다는 의무감을 동반한 여성다운 결의에 고취되어 당혹감을 이겨 내고 손가락을 핥은 다음, 마치 자신의 손에 성스러운 몰약을 바른 듯, 머뭇거리면서도 헌신적으로, 난생처음이지만 대단히 정성스럽고 열정적이고 부드러운 동작으로 자신의 손가락을 동그랗게 말아 그의 축 처진 남근을 감싸 쥔다. 그리고 정확히는 모르지만 예리하게 추측한 대로 야심 찬 다섯 손가락을 부지런히 움직여 반복적으로 애무하고, 그런 다음 입술로, 벨벳 같은 혀로 주도면밀한 여학생처럼 끈질기게 공을 들이자, 드디어 최초의 경련들이 그가 곧 머리를 드높이 치켜들거라고 예고하기 시작한다.

❖

바로 그 순간 저녁 내내 강당 구석에 앉아 가끔씩 숨죽여 킬킬거리던 남자, 아놀드, 아놀드 바르톡이 떠오른다. 야위고, 수척하고, 약간 쪼그라든 남자, 털이 거의 다 빠진 병든 원숭이, 약 한 달 전 택배 회사에서 화물을 분류하는 임시직을 잃었고, 병약한 어머니와 함께 한때 세탁소였던 곳에서 한 이불을 덥고 무더운 밤들을 보내며, 한두 시간마다 어머니의 축 처진 몸 아래에 요강을 밀어 넣은 다음 용변을 치우는 남자. 영생에, 죽음을 제거할 수 있는 가능성에 관심을 기울이는 남자, 아놀드 바르톡.

생각이 여기에 이르자 남아 있던 욕망의 불빛마저 완전히 꺼져 버린다. 로셸의 헌신적인 손가락들도 아놀드 바르톡이 뒤늦게 벌이는 복수를 가로막지는 못한다. 젊은 시인 유발도 그의 머릿속에 나타나, 화가 났다기보다는 극도로 의기소침한 표정으로 서명을 받는 줄에 끈질기게 기다리고 서서, 책에 서명을 받기 위해서가 아니라 뭔가 말하기 위해 차례를 기다린다. 당신, 나를 약간 오해하고 있어요, 아닌가요?

저자는 로셸에게 설명할 수 없는 일을 설명해 보려 하지만 소용이 없다. 아무리 경험이 많은 여자라도 혼란에 빠지고 실패의 책임을 스스로에게 돌릴 것이다.

이제 그로서는 자신의 무기력한 상태와 자신이 그녀에게 안겨 준 고뇌를 서둘러 인정하는 수밖에 없다.

말로 옮기는 게 가능하기만 하다면, 새벽 2시가 다 된 시각, 어두운 침상, 로셸이 용기를 끌어내 속삭이는 목소리로라도 이렇게 말할지 모른다고 그는 생각한다. 슬퍼하지 말아요, 부디, 조금도 슬퍼하지 말고 미안해하지 말아요, 그럴 필요 없어요. 당신의 시든 성기는 바로 지금 이렇게 나를 깊숙이 관통해 들어와, 지금까지 그 어떤 단단한 성기도 도달하지 못했던 아주 깊은 곳에 와 닿았거든요.

하지만 그가 쓴 책을 읽었다 뿐 아는 게 전혀 없는

남자에게 어떻게 그녀가 큰 소리로든 속삭이는 소리로
든 그런 감정을 표현할 수 있을까?

➥

커튼 틈을 비집고 들어오는 희미한 가로등 불빛을
받으며 그녀는 침대에서 일어난다. 그리고 바닥에 떨어
진 잠옷을 더듬더듬 찾아 집어 든다. 그녀는 욕실로 들
어가 문을 닫더니, 10분 뒤에 깨끗하고 싱싱하고 향기
로운 모습으로 조금 전 잠옷처럼 발목까지 내려오는 새
잠옷으로 갈아입고 나타난다. 목 위의 단추는 이번에도
두 개 다 채워져 있다. 그녀가 고양이의 옷을 입은 악마,
요셀리토를 풀어주자, 그는 지체 없이 천장 바로 밑, 책
장 꼭대기에 만들어 놓은 자신의 망루로 올라가, 노란
눈을 표범처럼 번득이며 침대 위의 자기 자리를 빼앗은
낯선 남자를 적대적으로 혹은 신기하다는 듯이 혹은 아
무 감정 없이 내려다보며 마치 이렇게 말하는 듯하다.
그러게, 왜 쓸데없는 짓을 하고 그러나? 또는, 내 이렇게
끝날 줄 알았지, 그런데 너도 알고 있었잖아?
그 낯선 남자는 천장을 보고 누워 쓸쓸히 담배를 피
우면서, 무자비한 남성적 수치심을 느끼고, 맡은 바 임

무에 부적합하다고 판명된 황소나 종마가 된 듯한 기분을 불러일으키는 이 오래된 발기 부전을 못내 창피해하면서도, 그가 로셀에게 선사한 쾌감과 그녀에게서 뽑아낸 탄성과 신음의 화성을 내심 자랑스러워하며 스스로를 위로한다. 그리고 즉시 이 오만한 자축이 부끄러워진다. 그녀에게 이렇게 말할 수 있다면 얼마나 좋겠는가? 이봐요, 로셀. 슬퍼하지 말아요. 결국 이 책에 등장하는 인물들은 모두 저자 자신이니까. 리키, 찰리, 루시, 레온, 오바디야, 유발, 예루캄, 이들은 모두 저자일 뿐이고, 여기서 그들에게 어떤 일이 일어나든 그건 다 그에게 일어나는 일일 뿐이오. 심지어 로셀 당신도 내 마음속에 있는 하나의 상념일 뿐이어서, 당신과 내게 무슨 일이 일어나든 그건 실제로 단지 나에게만 일어나는 것이오.

그녀가 말한다. 아니, 이것 봐요, 긁힌 상처잖아요, 꽤 깊은데요. 피도 나잖아요. 소독약을 바르고 반창고라도 붙여 드릴까요?

놔둬요, 별거 아니니까.

어디 부딪쳤나요? 셔츠가 찢어졌어요.

당신을 위해 용과 싸웠지. 일곱 마법사, 다섯 악마,

한 마리 용과 싸웠소. 당신을 위해 그놈들을 모두 쓰러뜨렸지만, 그 전에 놈들의 칼에 베이고 말았소.

가만히 계세요. 겁먹지 말아요, 그냥 요오드니까. 잠깐 따끔하고 말 거예요. 됐어요. 다 끝났어요. 어떻게 마법사와 용을 물리친 사람이 겨우 요오드 한 방울과 끈적한 반창고를 무서워하죠?

➡

이제 그는 더 이상 천장을 보고 누워 있지 않고, 더 이상 부끄럽지도 당당하지도 않다. 이제 그는 바쁘다. 그는 침대에서 일어나 시트로 몸을 감싸고, 새 담배에 불을 붙이고, 몇 모금 빤 뒤에 비벼 끄고, 흩어진 옷가지를 주워 모으고, 화장실로 가서 소변을 보고 찬물로 샤워를 한다. 그는 옷을 입었지만 흠뻑 젖은 채로 나온다. 일부러 물기를 닦지 않았기 때문이다. 그게 더 상쾌하다.

커피? 롤빵? 토스트? 5분도 안 걸릴 거예요.

아니, 괜찮소, 작은 다람쥐. 난 가봐야 하오. 2시 반이 다 되었군.

기다려요. 물이 끓고 있어요. 커피라도 한잔 하고 가세요.

아니, 괜찮소. 미안해요, 하지만 솔직히 정말로 달려가야 하오. (〈솔직히〉, 〈정말로〉, 이것들은 거짓말을 애써 은폐하는 암호문이다.)

말해 봐요. 당신도 좋았나요? 네?

아주 좋았소. 멋진 시간이었소. 이봐요, 로셀. 곧 전화하겠소. (넌 전화를 걸지 않을 것이다. 전화를 왜 걸겠는가?) 그러니 화내지 말아요. 나한테든 당신한테든. 그리고 슬퍼하지 말아요. (하지만 그녀는 이미 너 때문에 슬퍼하고 있다, 비열한 자식. 그녀가 슬프다는 걸 넌 알고 있다. 애초부터 그녀가 슬퍼할 거란 걸 알고 있지 않았나.) 그럼, 다시 보는 거죠? 잘 있어라, 요셀리토. 그리고 경고하겠는데, 이 젊은 숙녀를 잘 모셔야 한다. 안 그러면 내가 가만두지 않을 거다. (그는 조급함을 감추기 점점 어려워진다. 그의 손은 벌써 문손잡이에 가 있다. 불과 세 시간도 채 못 되는 시간 전, 밖에서 아주 조심스럽게 돌려 보던, 실은 잠겨 있길 바랐던 바로 그 손잡이다. 하지만 정말 잠겨 있길 바랐다면, 너는 왜 여기까지 올라왔는가? 왜 손잡이를 돌려 봤는가?)

잠깐만요. 그럼 허브 차는 어때요? 아르헨티나에서 온 히에르바 마테 차도 있어요. 오늘 밤은 여기서 쉬고 가는 게 어때요? 당신은 우리 손님이에요. 그렇지, 요셀리토?

고맙소, 둘 다, 정말이요. 하지만 정말 가봐야 해요. 전화하겠소. 그때 얘기합시다.

그러자 갑자기 그녀의 목소리는, 처음에 그들이 문화회관에서 나오며 얘기할 때처럼 잠기고 떨리기 시작한다. 실망했나요? 나한테?

실망이라니? 왜 내가 실망하겠소? 무엇 때문에?

그녀는 입을 다문다. 그녀의 손가락들이 잠옷 단추를 채우려 하지만 이미 모두 채워져 있기 때문에 헛손질로 끝난다.

천만에. 실망하지 않았소. 왜 실망하겠소? 로셀, 당신은 훌륭했어요. (하지만 이건 빈말일 뿐이다. 그는 이미 스스로에게 도대체 한밤중에 뭐하러 여기에 왔었느냐고 따져 묻고 있기 때문이다. 그의 손은 벌써 문손잡이에 가 있고, 눈은 시계를 힐끔거린다. 여기 온 지 두 시간 반이 되었다. 아니, 조금 넘었다. 두 시간 40분이다.)

당신이 알아 줬으면 하는 건, 그저 난……

알아요, 로셀. (그는 일부러 그녀의 말을 가로막는다. 그녀가 이제 곧 분명히 내뱉을 것만 같은 말을 듣지 않기 위해서다.) 알고 있소. 그러니 걱정하지 말아요. 어쨌든 당신도 우리가 참으로 멋진 시간을 보냈다고 말했잖소? 그러니 나중에 봅시다. 돌아가서 아침까지 푹 자요. 아니면 한낮까지, 뭐 어떻소? (〈어쨌든〉, 〈뭐 어떻소〉, 특히 〈참으로〉 같은 말들이 그의 무의미한 연설을 한층 더 공허하고 부적절하게 만든다. 초라해, 그가 마음속으로 중얼거린다. 부끄럽군, 다시 한 번 중얼거린다.)

이젠 뭘 하지? 2시 20분인데 리키의 카페가 아직 문을 열었는지, 혹시라도 리키가 아직 거기에 있는지 가서 확인해 볼까?

∞

밖으로 나와 다시 어둠 속에 묻힌 그는 발을 질질 끌며 이 거리 저 거리, 이 골목에서 저 골목으로 배회한다. 이런, 어디 갔다 왔나? 그의 성기가 갑자기 살아 있다는 신호를 보내기 시작한다. 어서 오게나, 멍청한 친구. 자네가 뭘 놓쳤는지 알고 있나? 미안하네. 하지만 우리 둘 중에 과연 누가 더 한심한 멍청이일까? 자네인가 나인가? 그러니 그 잘난 입이나 닥치게.

노란 가로등이 비추는 텅 빈 거리를 건너고 오른쪽

으로 돌아 거의 어둠에 잠긴 텅 빈 골목으로 들어서는 동안 저자는 마음속으로, 미리암 네호라이트 부인과 문화국장 예루캄 슈데마티가 단조로운 인물이 되지 않도록 묘사 몇 줄을 덧붙이기 시작한다.

어느덧 그의 발길은 낯선 동네에 이른다. 도시가 끝나고 텅 빈 밤의 들판이 시작하는 지점에서 그리 멀지 않다.

바람은 제멋대로 불고,
불어오며 노래하네.
어쩌면 이번엔 솟구치는 바람이
그대를 날개에 실어 들어 올리리.

완공되지 않은 건물 옆에서 땅딸막하고 곱사등처럼 등이 약간 솟은 야간 경비원이 한쪽 어깨를 치커든 채 오랫동안 꿈쩍도 하지 않고 서서 소변을 본다. 그의 뒤로는 한 줄로 늘어선 고압선 철탑, 포장되지 않은 보도, 창고 몇 채, 골함석으로 지은 오두막들, 모래 더미와 자갈 더미뿐이다. 거리는 흙길 속으로 사라지고, 이제 이곳은 도시의 끝이다. 엉겅퀴 밭, 녹슨 드럼통 네 개, 잡

석이 높이 쌓인 텅 빈 건설 부지들, 부서진 가구, 어두운 비탈에 뿌리 내린 아주까리들, 뼈대만 남은 지프차, 모래에 반쯤 파묻힌 타이어. 결국 너는 혼자다. 너는 뒤집힌 나무 상자 위에 앉는다. 그리고 어스레한 언덕들의 윤곽을 본다. 별들. 창문에 깜빡이는 불빛들. 목적 없이 노란색, 빨간색, 녹색으로 바뀌는 분별없는 신호등. 멀리 개 짖는 소리와 희미한 하수구 냄새. 왜 이 모든 것들에 대해 글을 쓰는가? 네가 글을 쓰든 안 쓰든, 네가 어기에 있든 없든, 그것들은 존재하고 앞으로도 계속 존재할 것이다. 틀림없이 너는 이 글을 시작할 때 다음과 같은 근본적인 문제들을 내비쳤다. 왜 글을 쓰는가? 왜 그런 글을 쓰는가? 너의 책들은 사회에, 국가에, 또는 도덕적 가치 함양에 어떤 기여를 하는가? 너는 누구에게 영향을 미치길 바라는가? 너는 실제로 오직 명성을 위해 글을 쓰는가? 혹은 돈을 위해?

젊은 시인 유발 도탄처럼 열예닐곱 살 때 저자는 밤에 버려진 창고에 홀로 앉아 난삽한 이야기 파편들을 종이 위에 쏟아내곤 했다. 그는 꿈꾸거나 자위할 때와 다소 비슷하게, 충동, 열정, 절망, 역겨움, 비참함이 뒤섞인 감정으로 글을 썼다. 또한, 그 시절 그에게는 사람들이 왜 아무 의미도 없이 서로에게, 그리고 자기 자신에게 상처를 입히는지를 이해하고픈, 지칠 줄 모르는 호기심도 있었다.

요즘도 여전히 호기심은 있지만, 지난 몇 년 사이에 그는 점차 낯선 사람과의 신체 접촉에 두려움을 갖게 되었고 이제는 우연히 살짝만 닿아도 겁을 먹게 되었다. 심지어 낯선 사람의 손이 어깨에 닿을 때도, 다른 사람의 폐에 있었음 직한 공기를 들이마셔야 할 때도 그렇다. 그러나 그는 그들을 건드리지 않고 건드리기 위해, 또 그들이 그를 실제로 건드리지 않고 건드릴 수 있도록 계속해서 그들을 지켜보고 글을 쓴다.

이를 다음과 같이 표현할 수도 있다. 그는 마치 세피아 빛 사진의 시대에서 온 사진사가 단체 사진을 찍는 것처럼 글을 쓴다. 그는 사진을 찍기 위해 모인 사람들 사이를 돌아다니며 그들 모두와 잡담을 나누고, 친해지고, 농담하고, 편히 자리를 잡도록 지시하고, 그들을 반원 꼴로 배치하면서 남자들은 뒤에 세우고, 키 작은 사람들은 여자들과 아이들과 함께 중앙에 앉게 하고, 붙어 앉게 하고, 머리들이 서로 가까이 오게 하고, 사람들 사이를 두세 번 걸어 다니면서 이 사람은 옷깃을, 저 사람은 소매를, 또는 머리띠를 바로잡아 주고, 그런 다음 삼각대 위에 고정한 카메라 뒤로 물러나 머리를 검은 보자기 속에 깊이 파묻고, 한쪽 눈을 감고 큰 소리로 하나, 두울, 셋을 세고, 마지막으로 셔터를 눌러 그들 모두를 유령으로 바꾼다. (미리암 네호라이트의 회색 고양이만이 얌전히 있기를 거부한다. 아마 요셀리토의 존재를 냄새로 알아챈 듯하다. 그래서 그는 사진 한쪽 구석에 꼬리 서너 개를 가진 불멸의 존재로 남는다. 리사베타 쿠니친은 눈을 깜박였고, 그래서 꼭 윙크하는 것처럼 보인다. 갱단의 심복 미스터 레온의 벗어진 머리는 건강치 못한 빛을 발한다. 젊은 시인 유발 다한 / 도탄은 깜박 잊고 미소를 짓지 않지만, 찰리는 활짝 웃고, 로셀 레즈닉은 신발 끝을 내려다본다. 파도의 여왕 선발 대회 준우승자 루시의 왼쪽 눈에는 매력을 해치지 않을 정도의 약한 사시가 있다.)

❧

그러나 네가 없이도 존재하는 것들에 대해 왜 글을 쓰는가? 왜 말이 아닌 것들을 말로 묘사하는가?

게다가 너의 이야기들은, 목적이 있다면, 어떤 목적

에 봉사하는가? 누구에게 이익이 되는가? 이런 질문을 하자니 미안하지만, 좌절에 빠진 웨이트리스, 고양이와 사는 외로운 낭독자, 몇 년 전 파도의 여왕 선발 대회에서 입상한 여자를 등장시켜 온갖 종류의 닳아빠진 섹스 장면을 보여 주는 초라한 환상을 누가 필요로 하는가? 저자가 여기서 우리에게 무엇을 말하려 하는지, 부디 너 자신의 언어로 간략히 설명해 주기를 바란다.

그는 부끄러움과 혼란에 휩싸인다. 그는 그들 모두를 저 멀리 무대 끄트머리에서, 그들이 단지 자신의 책에 써먹기 위해 존재하는 대상인 양 관찰하기 때문이다. 그리고 사진사의 낡고 검은 보자기 속에 영원히 머리를 파묻은 채 만지거나 만져질 수 없는 아웃사이더라는 깊은 슬픔이 부끄러움과 함께 밀려온다.

너는 뒤돌아보지 않고는 글을 쓸 수가 없다. 롯의 아내처럼. 그리고 그러는 사이 너는 그들과 너 자신을 소금 기둥으로 만들어 버린다.

존재하는 것들에 관해 글을 쓰는 것, 색이나 냄새나 소리를 말로 포착하려는 것은 슈베르트의 곡을, 슈베르트가 앉아 있고 어둠 속에서 킬킬거리는 웃음소리가 흘러나올지 모를 강당에서 슈베르트의 곡을 연주하는 것과 다소 비슷하다.

이곳은 푸르고 평화로워라, 까마귀 한 마리
기둥 위에 홀로 앉아 있네.
사이프러스 두 그루가 함께,
또 한 그루는 고독히 서 있네.

◆

한 군데 바로잡아야 할 곳이 있다. 미리암 네호라이
트에 관한 너의 묘사가 전부 옳지는 않았다. 진홍색 정
맥류가 생긴, 퉁퉁 부은 다리와 문화적 달콤함에 가려
진 여윈 얼굴이 그녀의 전부가 아니었다. 나중에 그녀
가 너에게 다가왔을 때 너는 그녀의 섬세한 입, 잘생긴
손가락, 열정적인 아이의 눈처럼 호감 가는 갈색 눈과
부드럽게 올라간 긴 눈썹을 보았다. 매일 두 번씩 그녀
는 길 고양이 여덟 마리에게 먹이를 준다. 그중 한 마리
는 귀가 없다. 그녀의 남편, 예키엘 네호라이는 9년여
전 몬테비데오에서 이스라엘 간첩으로 일하다 차에 치
여 죽었다. 결혼한 두 아들은 뉴욕에 살고 둘 다 산부
인과 의사다. (그중 한 명은 엿보기를 좋아하는 안경사

리사베타 쿠니친의 딸과 결혼했다.)

얼마 전부터 미리암 네호라이트와 문화국장 예루캄 슈데마티 사이에 조심스럽고도 불분명한 관계가 발전하고 있다. 그녀는 작은 현관이 딸린 방 두 개짜리 아파트에서 몇 년째 혼자 살고 있는 성인 여성이고, 이웃에 사는 그는 시끄럽고 명랑한 성격과 강한 체취와, 바구니 안에 너무 오래 두어 말라붙고 갈라지기 시작한 빵덩어리 같은 얼굴을 가진, 기운 넘치는 홀아비다. 한때 1960년대에는 노동당 연합의 서열 13위에 올랐고, 국회의원에 당선될 뻔한 적도 있었다. 그는 이스라엘 땅에 유대인과 아랍인, 남자와 여자를 망라하는 모든 노동자의 거대 코뮌을 창조하자고 주장한, 최후의 운동가들 중 하나였다. 이 코뮌에서는 모든 노동자가 최선을 다해 능력껏 일하고 매달 수입을 공동체 금고에 넣으며, 각각의 노동자는 금고로부터 정해진 기본임금을 받고 여기에 개별 노동 가정의 자녀수, 건강 상태, 교육과 문화적 필요에 따라, 다시 말해 각자의 조건과 현실적 필요에 따라, 추가로 보조금을 받는다. 그는 사람들이 선천적으로 관대하다고 믿고, 우리를 이기심, 탐욕, 착취의 전쟁으로 내모는 것은 다름 아닌 사회적 압력이라고 믿는다. 이날 저녁, 너희 둘이 연단에 오르기 전에 그는 너에게 행사가 끝난 후 잊지 말고 랍비 알터 드루야노브의 『농담과 재담의 책』에 대해 말해 달라고 하라고 부탁했다. 너는 그걸 잊었고, 이젠 너무 늦었다. 그래서 이젠 농담과 재담의 기본적인 차이가 무엇인지 알 방도가 없다. 예루캄 슈데마티를 다시 만날 것 같지는 않다.

너는 여기서 잠시 짬을 내어, 독자들의 기억 속에 이 인물을 붙박아 둘 몇 가지 습관들, 즉 두세 가지 중요한 기벽을 그에게 부여해야 한다. 예를 들어, 그는 봉투 뒷면의 접착제가 발린 긴 띠에 침을 묻힐 때 그것이 무슨 단것이나 되는 양 혀 전체로 게걸스럽게 핥는 버릇이 있다. 예루캄 슈데마티는 우표도 관능적으로 탐욕스럽게 핥아 침을 잔뜩 묻히고, 그런 다음 우표를 봉투 위에 놓고 주먹으로 힘차게 내리친다. 처음부터 그의 〈잠재된 타타르인 기질〉에 반한 미리암 네호라이트는 그것을 보고 흥분해서 펄쩍 뛴다.

그는 전화가 오면 항상 첫 번째 벨소리가 울리자마자 마치 돌팔매질하듯 크고 대범한 동작으로 수화기를 집어 들고 이렇게 소리친다. 네, 슈데마티입니다. 실례지만 누구신지? 바르톡? 아뇨, 아놀드든 뭐든, 바르톡이란 이름은 모르겠소. 안 되오, 친애하는 동지, 절대로 안 됩니다. 미안하지만, 나에겐 저자의 전화번호를 누설할 권한이 없소. 그런 권한을 부여받은 적이 없단 말이오. 미안하오, 동지. 괜찮으시다면 충고 하나 하겠는데, 작가 조합 같은 곳에 문의하는 게 어떻소? 응?

예루캄 슈데마티는 거의 언제나 팔꿈치, 이마, 어깨, 무릎 같은 데에 멍이 들어 있는데, 자기 앞에 가로놓인 무생물의 물체들이 마치 공기로 만든 것인 양 무시하고 똑바로 걸어가는 고질적인 습관의 결과다. 혹은 정반대로, 무생물들이 그에게 원한을 품고 작당한 것일 수도 있다. 어느 순간에라도 의자 등받이가 그를 때리거나, 욕실 수납장 모서리가 그의 이마를 들이받거나, 꿀을 바른 식빵 조각이 그가 앉으려 하는 바로 그 벤치 위에서 그를 기다리거나, 고양이 꼬리가 그의 구두창 밑으로 끼어들고, 뜨거운 차 한 잔이 그의 바지를 애타게 동경할 수도 있다. 또한 그는 아직까지도 석간신문의 주필에게, 모종의 부정행위를 비난하거나, 우리가 사는 이 나라의 사회 일반, 특히 정치를 오염시켜 온 추악함, 오만, 비열함, 거짓말을 무자비하게 폭로하는 분노의 편지를 써 보낸다.

아침이면 그는 땀에 젖은 튼튼한 몸에 파자마 바지와 누런 속옷을 걸친 채 욕실 세면기 앞에 오랫동안 서서, 절대로 문은 닫지 않고, 얼굴, 목 뒤, 넓은 어깨, 곱슬거리는 하얀 털로 덮인 가슴을 문질러 씻고, 수도꼭지를 틀어놓고 씩씩거리며 양치질하고, 물에 들어갔다 나온 개처럼 젖은 머리를 좌우로 흔들고, 콧구멍을 하나씩 차례로 풀어 내용물을 세면대에 흘려보내고, 아주 큰 소리로 헛기침을 하고 가래를 뱉어 벽 반대편의 주방에 있는 미리암 네호라이트를 깜짝 놀라게 한다. 그런 다음 그는 또다시 3분간 거기 서서 마치 프라이팬을 북북 문지르듯이 열심히 몸을 닦는다.

하지만 누군가가 그가 만든 오믈렛, 벽에 걸린 그림, 초기 개척자들의 업적, 하이파의 부두 파업, 또는 창밖에 물든 일몰의 아름다움을 칭찬할 때면 그의 두 눈은 감사의 눈물로 촉촉해진다. 추락 중인 노동자의 지위에서부터 전반적으로 유치해지고 있는 이스라엘과 전 세계 문화에 이르기까지 하늘 아래 모든 주제에 대해 뜨거운 주장을 펼칠 때에도 그 밑바닥에는 항상 끊임없이 즐거움을 토해 내는 간헐천이, 유쾌한 동정심과 친절함을 가득 품은 멕시코 만류가 흐른다. 심지어 목소리를 위협적으로 높여 상처받은 포효를 터뜨릴 때조차 그의 얼굴은 여전히 지칠 줄 모르는 열정을 감추지 못하고 낙천적으로 밝게 빛난다.

예루캄 슈데마티는 형의 손녀에게 인사할 때마다 항상 똑같은 수수께끼 혹은 농담을 건넨다. 자, 우리 예쁜 크라사비차, 아기를 호주머니에 넣고 돌아다니는 게 뭘까? 캥거루냐? 캔거루냐? 샌거루냐? 히히! (그는 형의 손녀가 더 이상 어린 꼬마가 아니라 벌써 열네 살 반이라는 사실을 완전히 무시한다.) 예루캄 슈데마티는 이렇게 명랑하고 활기차고 (노동조합주의적인 의미에서) 긍정적인 모습을 지키기 위해 형의 손녀와 미리암 네호라이트에게는 자신이, 의사인 형에 따르면, 회복 가능성이 거의 없는 혈액 질환을 앓고 있다는 사실을 밝히지 않는다.

•◦

이제 새벽 3시가 되었다. 저자는 좌우를 두리번거리며, 주위에 아무도 없고 신호등 하나가 〈무슨 의미가 있을까?〉 의아해하듯 깜박이는 것을 확인하고는 빨간 불에 찻길을 건너며, 가령, 찰리, 한때 브네이 예후다

135

축구팀의 후보 골키퍼였던 그 찰리를 (이를테면 내일 아침 9시로) 불러올 수 있다. 그는 파도의 여왕 선발 대회 준우승자인 루시의 남자 친구였고, 그런 다음 웨이트리스 리키의 남자 친구였다가 다시 루시의 남자 친구로 돌아갔고, 그들 각각과 함께 에일랏에 있는 삼촌의 호텔에서 달콤한 일주일을 보냈으며, 지금은 한 가정의 가장이자 태양열 온수기를 만들어 사이프러스에 수출까지 하는 공장을 홀론에 갖고 있다. 나는 내일 아침 9시에 그를 이킬로브 병원으로 불러와 오바디야 하잠을 불시에 방문하게 할 수도 있다.

하지만 왜 혼자 와야 하는가? 그는 혼자 오기가 무서울 것이다. 〈말기 환자〉라는 말에 겁이 날 것이다. 아내와 함께 오는 게 낫다. 아니, 그의 아내가 아니라, 그가 다정하게 고곡이라 부르곤 했던, 아련한 추억의 여자 친구 루시와 함께 온다.

아니, 루시가 아니라 리키와 함께 온다. 이날 아침 너는 그녀가 여름 블라우스 속에 브래지어를 착용하지 않은 걸 볼 수 있고, 그녀가 걸을 때마다 블라우스에 거무스름한 강아지 두 마리가 코를 비벼 대는 걸 볼 수 있다. 찰리는 그녀도 고곡이라고 불렀다.

사실, 두 여자 모두를 데려오지 못할 이유는 또 무엇인가?

오바디야 하잠이 갑자기 눈을 뜨고는 손을 흔들려고 애를 쓴다. 하지만 그는 기력이 너무 쇠약해 있고, 앙상한 손은 시트 위로 도로 떨어진다. 하잠이 나직이 중얼거린다. 왜 왔어, 솔직히, 올 필요 없잖아. 그런 다음 그는 다른 말을 중얼거리지만 소리가 너무 작아서 찰리와 두 여자는 그 말을 이해하지 못한다. 옆 침대에 누운 환자가 그들에게 통역을 해준다. 저기 창문 옆에 있는 의자를 갖고 오라는 거요. 당신들 앉으라고 말이오.

순간 찰리는 연민과 희미한 역겨움이 뒤섞인 두려움에, 그리고 그 역겨움에 대한 부끄러움에 사로잡힌다. 그는 부러 활기차게 말하려고 하는데 목소리가 너무 크다. 마치 암으로 죽어 가고 있는 사람이 부분 난청도 앓는 것처럼. 그러니까, 왜 왔냐면 말이죠. 그가 두 여자와 함께 온 것은 오바디야를 여기서 데리고 나가기 위해서다. 서둘러요, 찰리가 친근하게 소리친다. 자, 우리 노인네, 여기에 너무 오래 틀어박혀 있었어요. 잠시 밖으로 나가요. 젊은 사자처럼 바깥 구경도 하고 최고로 멋진 파티를 열라고요. 자, 내가 데려온 예쁜이들한

테 기대고, 어서 여기서 나가요. 우리가 그냥 병문안이
나 온 줄 알아요? 그런 줄 알았어요? 천만에요, 우린 병
문안 온 게 아니라 노인네를 여기서 데리고 나가려고
왔어요. 아가씨들이 옷을 입혀 줄 거고 그럼 얼른 여길
뜨는 거예요. 그동안 둘 중에 누가 마음에 드는지 골라
봐요. 찰리의 선물이에요. 혹시 둘 다 마음에 든 거예
요? 그러시다면 둘 다 무료 제공입니다.

다시 한 번 환자는 쉰 목소리로 몇 마디 중얼거리고,
찰리가, 뭐요? 뭐라고요? 안 들려요, 크게 말해요, 하자
또다시 옆 침대 환자가 통역한다. 「찰리의 천사들」[13]이
라네요. 당신이 데려온 아가씨들 말이오. 무슨 말이냐
면, 텔레비전 연속극 「찰리의 천사들」 같다는 거요. 농
담을 한 거지.

찰리는 오바디야 하잠과 그의 이웃 환자와 얘기하던
중 갑자기 오바디야 하잠이 정말로 죽어 가고 있다는
사실을 깨닫는다. 여기 오기 전에 그의 상태가 매우 심
각하다는 말을 들었지만 그는 〈심각하다〉는 것이 무릎
이 박살 나거나 갈비뼈 여섯 개가 부러진 정도를 의미

13 Charlie's Angels. 우리나라에 「미녀 삼총사」로 알려진 미국의 텔
레비전 드라마. 목소리로만 등장하는 백만장자 찰리 타운젠트의 사설 첩
보 기관에 속한 세 미녀가 활약하는 내용으로, 영화로도 제작되었다.

한다고 생각했다. 지금 갑자기 그는 태어나서 처음으로 자신이 죽어 가는 사람을 만지고 있다는 걸 깨달았고, 또 감사하게도, 죽어 가는 사람이 자기가 아니라 다른 누군가이고, 자신은 튼튼하고 건강하며 잠시 후면 여기서 걸어 나갈 수 있는 반면 오바디야 하잠은 영원히 아무 데도 갈 수 없다는 사실을 깨닫자 공황과 환희가 동시에 밀려온다.

이 감정이 너무나 부끄러운 나머지 그는 더욱 목소리를 높여 농담을 늘어놓고, 죽어 가는 사람은 손짓을 해가며 무슨 말을 중얼거리는데, 이번에는 찰리도 옆 침대 환자도 알아듣지 못한다. 오바디야 하잠이 여러 번 반복해서 말하자 그의 이웃이 간신히 통역한다. 오렌지에이드. 오렌지에이드라고 말했어요. 목이 말라서 오렌지에이드를 마시고 싶다는 거요.

오렌지에이드라, 찰리는 의문에 빠진다. 도대체 어디에서 오렌지에이드를 구할 수 있나? 그걸 만들어 마시지 않은 지가 1백 년은, 글쎄, 최소한 20년은 됐을 텐데. 루시? 리키? 오렌지에이드 알아? 그걸 마지막으로 본 게 언제야?

이웃 환자가 변호하듯이 주장한다. 그게 바로 저 사

람이 요구하는 거요. 그가 원하는 건 그것뿐이지. 다른
건 다 소용없어. 죽어 가는 사람한테 뭘 해주려는 거요?

찰리는 목덜미를 긁적이고, 리키의 머리를 토닥이면
서도, 계속해서 긁적인다.

자, 어서, 아가씨들, 여기 우리 친구 분께서 침울해하
는 게 안 보여? 그러니 기운이 좀 나게 해드리는 게 어
떨까? 둘이, 함께. 어서, 머리와 몸을 쓰다듬어 드려. 통
증이 사라지게. 눈은 어디다 달고 있는 거야? 우리 친
구 분께서 고통스러워하는 게 안 보이나? 그러니 내게
서 배운 걸 모두 보여 드려. 자, 어서, 이분을 즐겁게 해
드리라고. 고곡과 고곡. 당신네 둘이.

이렇게 말하며 찰리는 두려움과 역겨움을 이기고,
자신이 직접 몸을 구부려 땀에 젖은 환자의 머리, 두
뺨, 창백한 이마를 쓰다듬기 시작하고, 그러다 눈물을
흘리고, 따라 울기 시작한 환자에게 애원한다. 됐어요,
울지 말아요, 괜찮아질 거예요. 두고 보세요, 완전히 회
복할 거예요. 큰형을 믿으세요, 여기서 나가게 해주겠
다고 했잖아요. 자, 아가씨들, 이분을 쓰다듬어 드려,
정성을 다해서, 사랑스럽게 쓰다듬어 드리고 그만 좀
징징대.

옆 침대 환자가 마찬가지로 눈물을 글썽거리며 간호사를 호출하고 그만하면 됐다고 손사래를 칠 때까지 환자는 점점 극도로 흥분하고, 간호사는 친절하지만 단호한 태도로 방문객들을 밖으로 인도한다.

❧

로셸 레즈닉은 어떤가? 너는 그녀에게 며칠 후 전화하겠다고, 반드시, 곧, 틀림없이, 전화하겠다고 약속했지만, 넌 그녀의 전화번호를 받지 않았다. 그녀에게 전화번호를 묻지도 않았으니까. 묻는 걸 잊었다. 그녀는 산뜻한 냄새가 나고, 밝은 색 커튼이 쳐진, 가구가 간소하게 놓인 검소한 방에, 정숙한 잠옷을 입은 채 레이스 매듭 가리개가 씌워진 스탠드 불빛을 받으며 더러워진 잠옷과 속옷을 세탁 바구니에 던져 넣은 후 조심스럽게 깨끗한 속옷을 개며 혼자 서 있다. 그녀는 옷장 문 안쪽에 붙은 거울에 비친 납작한 몸을 쳐다보면서 슬퍼한다. 내 가슴이 엄마나 언니 같았다면, 인생이 달라졌을 텐데. 왜 그를 올라오지 못하게 했을까? 어쨌든 그는 정중하고 아버지 같은 태도로 들여보내 달라고 부탁하지 않았는가? 난, 들어오세요, 라고 말할 수도 있었다. 그에게 어떤 차나 히에르바 마테 차나 가벼운 식사를 대접할 수도 있었다. 내 낭독을 좋아한다는 걸 알았으니, 노래도 부를 줄 안다고 말할 수 있었다. 진짜로 그에게 노래를 불러 줄 수도 있었다. 혹은 음악을 틀어 놓고 함께 들으며 홍차나 아르헨티나산 히에르바 마테 차를 마실 수도 있었다. 그런 다음 우리 둘은 갑자기……

그에게 싫다고 말할 여자는 세상천지에 없을 텐데, 나는 그렇게 무례하게……

이제 난 절대로, 절대로……

이제 그는 내가 괴팍하다고 생각하겠지. 여자답지 않다고?

봐, 요셀리토, 내가 얼마나 바보 같은지. 나보다 한심한 바보가 또 있을까? (그녀는 이 마지막 말을, 싱긋 웃지만 거의 울 것 같은 표정으로 소리 내어 말한다.)

단추를 꼭 채운 잠옷, 옛날에 기숙학교 여학생들이 입던 수수한 면 잠옷을 입은 채, 지금 그녀는 마른 몸을 빳빳이 곧추세우고 〈즉시 평화〉 포스터 밑, 침대 끄트머리에 앉아, 무릎 위에 웅크린 고양이를 안고, 그녀가 한 번도 머문 적 없는 여러 유명 호텔들의 성냥갑 위에 나라와 도시의 이름을 조용히 적는다. 장크트모리츠,

생트로페, 산마리노, 몬테레이, 산레모, 루가노.

◆━◆

그런데 저자는 무엇을 말하려 했을까?

로셸 레즈닉은 아직도 침대에 다리를 포개고 앉아
있다. 땋은 머리는 풀렸고 잠옷 아래로 흰 팬티가 보이
지만 보는 사람은 아무도 없고, 커튼은 세탁소에 보내
지 않았고 제자리에 굳게 닫힌 채 이웃들의 시선을 차
단한다. 오늘 밤 저자는 분명 암시적으로 말했고, 그가
한 말의 수면 아래에는 더 많은 말들이 있고, 그녀는 그
것을 하나도 이해하지 못했다고 그녀는 생각한다. 그
녀는 잠을 청하려 애쓰는 대신 그가 한 말들을 이해하
려고 애쓰면서 앞으로도 한 시간이나 한 시간 반 동안
그렇게 앉아 있을 것이다. 어렸을 때 그에게 독약의 비
밀을 밝혀 준 약사 이야기는 무엇을 암시한 걸까? 숨
어 살던, 트로츠키의 아름다운 조카딸 이야기는? 아들
에게 진짜 살아 있는 작가를 만나게 해주고 싶어 한 어
머니 이야기는? 국회의원을 때린 삼촌 이야기는? 그녀
의 시선이 갑자기 문손잡이에 머문다. 잠시 그 문은 소
리 없이 움직이는 듯하고, 웬 손이 그녀가 잠그는 걸 잊

지 않았나 확인하기 위해 주저하며 점검하고 있는 듯하
다. 계단 강간범?

순간 그녀는 공포에 질려 등골이 오싹해진다. 그러
나 한 줄기 따뜻한 빛이 두려움을 몰아내고, 그녀는 잠
긴 문으로 쏜살같이 달려가 문구멍을 내다보고, 그가
노크를 하기도 전에 문을 열어 준다. 들어오세요, 당신
을 기다리고 있었어요.

아니, 그래선 안 된다. 그녀는 이미 실망과 퇴짜를 겪
을 만큼 겪었고, 오래된 상처가 너무나 많다. 결국 가만
히 침대에 앉아, 저자가 층계를 따라 허둥지둥 내려가
다 부서진 계량기 함 문에 어깨를 부딪친 뒤에도 한동
안, 문손잡이에 홀린 사람처럼 문을 응시한다.

마침내 그녀는 기진맥진하여 침대 위에 대 자로 쓰러
진다.

고양이가 다가와 그녀의 배 위에 누워 가르랑거리면
서 그녀의 손가락에 뺨을 비빈다. 둘 다 눈을 크게 뜨고
〈즉시 평화〉 포스터 주위를 퍼덕거리는 나방을 지켜본
다. 포스터에는 〈우리 아들들의 삶이 조상들의 무덤보
다 중요하다〉라는 슬로건이 적혀 있다.

그녀는 시트를 끌어당겨 몸을 덮고 계속 뭔가를 이

해해 보려고 애쓰고, 그러는 사이 요셀리토는 계속해서 나방을 지켜본다. 에어컨이 윙윙거리며 후덥지근하고 축축한 공기를 그녀 쪽으로 뿜어 대는 탓에 잠들기가 어렵다. 이따금 잠깐씩 겉잠이 들지만, 잠보다는 졸도에 가깝다. 한 차례 그렇게 잠든 사이 그녀는 잠시 뭔가를 이해한 듯한 기분이 들고 그 의미는 너무나 간단명료하지만, 다시 일어나 앉아 모기를 찰싹 내리치고 나니, 또다시, 이 밤 그가 그녀에게 무엇을 기대했는지 오리무중이다. 왜 그는 문학 행사가 끝난 후에 산책을 하자고 청했을까? 그녀의 어깨에 걸쳤던 팔, 그런 다음 그녀의 허리에 둘렀던 그 팔의 의미는 무엇이었을까? 그리고 그가 들려준 모든 이야기들과 어두운 뒷마당에서 했던 은밀한 포옹은? 두어 시간 전에 어떤 소심한 손이 그녀의 문손잡이를 돌려 보고, 그런 다음 그녀가 문을 열어 줄까 말까 마음을 정하기도 전에, 마음을 고쳐먹고 아래로 달아났던 건 그저 그녀의 상상이었을까?

그였을까, 아니었을까? 대체 왜 그랬을까?

어떤 답도 떠오르지 않고, 그녀는 점점 더 슬퍼진다. 조금 전에 잠깐 잠들었을 때만 해도 모든 걸 완전히 이해했는데, 지금 깨고 보니 무엇을 이해했는지조차 잊었기 때문이다.

시간이 멈춘 듯 밤은 꾸물거리며 흘러간다. 요셀리토는 들떠 있다. 그녀의 온몸을 가볍게 밟고 다니다 갑자기 그녀의 엄지발가락을 깨물고, 팽팽한 용수철처럼 몸을 납작하게 숙여 매복 자세를 취하고, 털에 잔물결을 일으키며 임박한 도약을 예고하고, 그런 다음 껑충 뛰어오르고, 시트를 긁고, 다시 뛰어오르고, 갑자기 발톱을 세워 커튼에 매달린다. 마치 그것을 갈기갈기 찢어 그녀가 저자에게 한 거짓말을 완전히 없애려는 것처럼.

◦◦

그래서 시인 체파니아 베이트할라크미, 즉 부멕 삼촌이 그의 책 『삶과 죽음의 시』에 쓴 〈언제 보아도 그들은 나란하다 / 신부 없이는 신랑도 없으리니〉라는 구절은 틀렸다. 그리고 랍비 알터 드루야노브가 『농담과 재담의 책』에 할례에 늦게 도착한 얼간이 할례 시술자 이야기를 집어넣은 것도 잘못이다. 생각해 보면, 늦는다는 건 전혀 재미있지 않다. 그건 결코 돌이킬 수 없다. 사실 분노에 찬 교육자이자 지역 교육부 차장인 페사크 이크하트 박사가 그날 밤 행사 말미에 일어나 격

렬하게 외친 말은 아주 옳았다. 문학의 역할 중 하나는 불행과 고통으로부터 최소한 한 방울의 위안 또는 인정(人情)을 뽑아내는 것이라고 그는 외쳤다. 이렇게 표현해 보겠소. 우리의 상처를 동여매진 못해도 핥아야 한다고. 적어도 문학은 우리 시대의 현대 작가들이 구역질 나도록 해대는 것처럼, 우리를 조롱하고 우리의 상처를 쪼아 대면서 우쭐거려서는 안 됩니다. 그들이 쓸 줄 아는 것은 고작 풍자, 아이러니, 패러디(자기 패러디를 포함해서), 악랄한 빈정거림뿐이고, 이 모든 것이 악의에 흠뻑 젖어 있습니다. 페사크 이크하트 박사에 따르면, 우리는 현대 작가들에게 이 사실을 명확히 지적해 줘야 하고, 작가들은 자신들의 책임을 상기해야 한다.

로셸은 미지근한 물로 샤워를 하고 새 잠옷으로 갈아입는다. 다른 하나처럼 목 위에 두 개의 단추가 달려 있고 그녀는 단추를 모두 채운다.

사과가 나무에서 떨어지네.
나무는 사과 위에 서 있네.
나무는 노랗게 물들고 사과는 으스러지네.

데, 하느님이 아벨과 그의 제물을 받아 준 건 사실이지만, 사실은 카인을 더 좋아했다고 하더군. 아벨이 일찍 죽은 게 그 증거라네. 결혼도 못 하고 죽었잖아. 그래서 말인데, 온 인류가, 그러니까 우리 유대 민족을 포함해서, 아벨이 아니라 카인의 후손이라는 건 명백한 사실이라네. 물론 개인적으로 누굴 공격하려는 뜻은 없네만.

미스터 레온은 캐슈너트 몇 개를 우물거리면서 곰곰이 생각하더니 이렇게 묻는다. 그래서 어떻다는 거야? 뭘 말하고 싶은 거야?

그러자 슐로무 호우기가 구슬프게 대답한다. 누가? 내가? 내가 뭘 알겠어? 유대교에서는 분명 이 문제를 더 자세히 설명하지만, 개인적으로 나는 제일 밑바닥 수준이라네, 그 사람들이 그렇다더군. 난 조금밖에 몰라. 사실, 아무것도 모르지. 어떻게 생각하나? 그가 카인을 더 좋아한 게 애석하지 않나? 그가 아벨을 더 좋아했다면 우리에게 더 좋지 않았을까? 하지만 분명 이유가 있었을 거야. 이 세상에 이유가 없는 건 없으니까. 단 하나도 없어. 이 나방도, 수프에 들어간 머리카락도 다 이유가 있지. 이 세상에 존재하는 건 뭐든 그 자체만을 입증하진 않아. 단 하나의 예외도 없어. 반드시 다른 뭔가도 입증하지. 크고 굉장한 뭔가를 말이야. 유대교에선 그걸 〈신비〉라고 하지. 그걸 이해하는 사람은 아무도 없어, 높은 곳에 있는 성스럽고 순결한 자들을 제외하고는 말이야.

미스터 레온은 껄껄대고 웃는다, 호우기, 자넨 정말 약간 맛이 갔군. 실은, 약간이 아닐세. 자네의 그 하느님을 파는 장사꾼들이 자네 머릴 완전히 엉망으로 만들어 놨어. 자네가 말하는 것들, 그건 말도 안 되는 수작들이야. 게다가 새로울 것도 없지. 하지만 자넨 그놈들의 마수에 걸려서 계속 터무니없는 말을 늘어놓는군. 어쩌면 자넨 카인과 아벨과 나방이 어떻게 연결되어 있는지 설명할 수 있을 테지. 혹은 수프에 들어간 머리카락과 위대한 성인들이 어떻게 연결되어 있는지도. 하지만 입 다무는 게 좋을걸. 이젠 지긋지긋하니까. 텔레비전이나 보자고. 광고가 끝났군.

슐로모 호우기는 골똘히 생각하다 결국 죄인처럼 풀이 죽어 속삭이듯 시인한다. 실은, 나도 이해를 못하겠어. 사실, 갈수록 더 이해가 안 가는군. 자네 말이 옳아. 난 입을 다무는 게 좋겠어.

슈니아쇼르와 채석장 공격의 일곱 희생자 문화회관에서 문학 행사가 끝난 후, 유발 다한은 발코니로 나가 불도 켜지 않고 어머니의 해먹에 큰 대 자로 누워, 고무나무에 자리 잡은 박쥐들과 귓전을 파고드는 모기 소리를 무시하고, 마음속으로 저자에게 보낼 편지를 쓴다. 이 편지에서 젊은이는 강연 중에 박식함을 과시하려 했던 문학 평론가의 얄팍한 쇼에 역겨움을 표현하고, 그가 저자의 책들을 읽으면서 느꼈던 여러 감정들을 몇 문장으로 표현해 보고, 왜 세상 누구보다 저자가 그의 시를 더 잘 이해할 것 같은지를 설명하고, 행여 저자가 30분 정도 짬을 내 읽어 보고 그에게 몇 줄이라도 답장을 써줄지 모르니 무례함을 무릅쓰고 그의 시 몇 편을 동봉할 것이다.

몇 분 동안 그는 저자에 대한 공상에 빠진다. 어쨌거나 저자도 나름대로, 나처럼 비천한 고통은 아니더라도 역시나 극심한 고통을 겪고 있을 것이다. 그의 모든 책에서 행간에 숨은 고통을 읽을 수 있다. 아마 나처럼 저자도 밤에 잠들기가 어려울 것이다. 어쩌면 지금 이 순간에도 그는 잠을 이루지 못하고, 또 잠들기를 바라지도 않고, 혼자 정처 없이 이 거리 저 거리를 배회하면서, 나처럼 가슴에 난 검은 구멍과 씨름하고, 이 모든 것에 과연 의미가 있는지, 만약 아무 의미도 없다면 도대체 왜 그런지를 스스로에게 물어볼 것이다.

머지않아 저자의 방황은 우연히, 아니 우연이라기보다는 필연적으로(왜냐하면 그 무엇도 우연히 일어나지 않으므로) 여기 레인즈 가로 이어질 것이다. 나는 이 편지를 부치러 나갈 것이고, 우린 고든 가 모퉁이에서 마주칠 것이고, 이 밤중에 만난 것에 둘 다 깜짝 놀랄 것이고, 그는 함께 산책하며 얘기를 나누자고 청할 것이고, 그래서 우리는 아마 해안 도로까지, 그런 다음 왼쪽으로 꺾어 야파 쪽으로 걸어가면서 얘기를 나눌 것이고, 그는 서둘러 작별 인사를 건네지는 않을 것이고, 우리는 둘 다 시간이 얼마나 됐는지 까맣게 잊을 텐데, 왜냐하면 그는 내게서 어린 시절의 자기 모습을 떠올리게 하는 뭔가를 발견하기 때문이고, 그래서 우리는 텅 빈 거리들을 걷고 또 걸어 플로렌틴 지구에 혹은 비알릭 가 근처에 이를 것이고, 우리는 아침까지 그의 책에 관해 그리고 약간은 나의 시에 관해 계속 얘기를 나눌 것이고, 또 삶과 죽음 그리고 다른 누구도 아닌 그에게만 얘기할 수 있는 온갖 종류의 비밀들에 대해, 그리고 일 반적인 고통에 대해 얘기를 나눌 텐데, 왜냐하면 그에 게는 설명할 수 있고 또 그는 그것을 이해할 수 있기 때 문이고, 아마 내가 설명을 마치기도 전에 그는 즉시 나 를, 그리고 모든 것을 이해할 것이고, 어쩌면 오늘 밤부 터 우리 둘 사이에 어떤 개인적인 유대가 싹터, 친구 사 이 혹은 스승과 제자 사이가 될지 모르고, 그래서 오늘 밤부터 내 삶은 이제 곧 저 아래 우체통 앞에서 우연히 이루어질 만남으로 인해 모든 게 약간 달라질 것이다.

❦

2~3주 후 저자는 유발 다한 또는 도탄의 편지에 짤 막한 답장을 써 보낸다.

당신의 시들을 매우 흥미롭게 읽었으며, 그 시들이 진지하고 독창적이고 언어적으로 신선하다고 느꼈습 니다. 다만, 우선 감정의 과잉을 억제하고 좀 더 거리를 두고 쓰는 법을 익혀야 하겠습니다. 마치 시를 쓰는 당 신과 고통을 받는 젊은이인 당신이 서로 다른 두 사람 인 듯이 전자가 후자를 멀리서 냉정하게, 심지어 얼마간 즐기면서 관찰하듯이 쓰는 겁니다. 마치 그 두 사람이 1백 년 정도 떨어져 있는 것처럼, 다시 말해, 시 속의 젊은이와 시인 사이에, 그가 느끼는 아픔과 당신이 시를 쓰고 있는 시간 사이에 한 세기의 간극이 있는 것처럼 시를 써보도록 하십시오.

추신. 강연자인 바르오리안을 혹독하게 비판한 것은 옳지 못합니다. 사실 언뜻 보기에 그는 썩 훌륭한 사람이 아닐 수도 있고, 나 역시 그날 행사가 끝날 때 그가 꽤 거만하게 당신을 무시하는 것을 보고 마음이 편치 않았지만, 그를 〈인생의 문외한〉이라 표현한 것은 옳지 않습니다. 몇 년 전부터 그는 아담 하코헨 거리의 아파트 1층에 혼자 살고 있고, 아내를 두 번 잃었고, 키부츠 대학에서 학생들을 가르치고 있습니다. 당신은 아마 모르겠지만, 그의 외동딸 아야는 고작 열여섯 살 반에 가출해서 이름을 요셀린으로 바꾸고, 2년 동안 뉴욕에서 방황하면서 잡지에 누드 사진을 실었고, 그런 다음 종교에 귀의해 엘론 모레에 사는 정착민과 결혼했지요. 바르오리안 씨는 지난 2~3주 동안 몹시 괴로워하며 딸을 계속 외면할지, 아니면 결코 선례로 남지 않도록 오직 이번 딱 한 번만 자신의 양심과 원칙을 꺾고 딸의 초대에 응하여 그린 라인[15]을 넘어 점령 지구에 정착한 딸을 방문하고 난생처음 어린 손녀를 두 팔로 안아 볼지 심각하게 고민하고 있습니다.

·•·

또는 오바디야 하잠, 이스라텍스의 하잠을 예로 들어 보자. 이 남자는 복권에 당첨됐고, 이혼했고, 방탕한 세월을 보냈고, 어중이떠중이에게 돈을 빌려 줬고, 파란 뷰익을 몰고 온 시내를 돌아다녔고, 새 토라 두루마리 마련을 위한 모금에 돈을 기부했고, 불법 라디오 종교 방송 자금을 자신의 호주머니에서 조달했고, 점령 지구에 땅을 샀고, 무모하게 정치에 뛰어들었고, 2년 동안 여섯 번이나 집을 옮겼고, 큰아들을 파도의 여왕 선발 대회 준우승자인 루시와 결혼시켰다. 이츠하크 샤미르[16]와 시몬 페레스[17]가 함께 참석한, 그 성대한 결혼

15 Green Line. 1949년 휴전 협정으로 발효된 이스라엘과 인접 국가들(시리아, 요르단, 이집트) 사이의 국경을 가리킨다. 1967년 이스라엘은 6일 전쟁을 일으키며 그린 라인 너머 요르단 강 서안과 가자 등지를 점령하고 유대인 정착촌을 건설해 팔레스타인 인들과 충돌을 빚어 왔다.

16 Yitzhak Shamir(1915~). 이스라엘의 보수 우익 정당 리쿠드당의 당수를 역임한 정치인.

17 Shimon Peres(1923~). 이스라엘 노동당을 창당하고 당수를 역임한 정치인이자 2010년 현직 이스라엘 대통령. 1984년과 1989년 리쿠

식 날, 수백 명의 하객이 그에게 입맞춤을 했고, 그는 파란색 실크 정장을 입고 가슴 주머니에 하얀 손수건을 세모꼴로 접어 꽂은 채, 남자와 여자, 국회의원, 토지 중개인, 예술가, 저널리스트를 가리지 않고 그들 모두를 일일이 껴안고 키스했고, 그 많은 사람들을 껴안고 키스하면서 감격의 눈물을 흘리고 농담을 하고 웃고, 그들 모두에게 그저 맛만 보라며 케이크를 한 조각씩 더 잘라 주고, 술을 한 잔 더 마시게 했으나, 지금은 축축하고 어두운 말기 환자 병동에서 죽어 가는 다른 두 남자 사이에, 땀에 젖은 침대에 누워 있고, 침구는 소변에 흠뻑 젖어 있고, 콧구멍과 입가에는 핏자국이 말라붙어 있으며, 코와 입을 덮은 산소마스크로 씨근거리며 고통스럽게 숨을 쉬고, 가슴을 들썩거리며 숨을 쉬는 동안 모르핀이 몰고 온 몽롱함 속에서 여러 개의 손들이 그의 머리, 어깨, 가슴을 쓰다듬고, 한 여자 혹은 여러 여자들이 구슬피 울던 것을 어렴풋이 떠올리던 중, 두 눈을 감자 갑자기 요르단 강의 발원지가 보인다. 새들이 합창하고 두 강줄기 사이에 유칼립투스 숲이 그늘

드당 당수 이츠하크 샤미르와 협상하여, 리쿠드-노동당 연립 내각을 구성했다.

을 드리운 눈부신 풍광이 펼쳐진다. 나무들은 거의 무생물의 범주에 속한다고 할 만큼 육중하다. 그곳은 멀고 평화롭다. 들리는 건 새들의 지저귐과 이따금 우듬지에서 부는 바람 소리뿐, 깊은 침묵이 흐른다. 난데없이 벌 한 마리가 햇살 한가운데서 윙윙거린다. 두 마리 새가 서로 화답한다. 얼마 전 천둥과 강풍을 동반한 폭우가 갈릴리 지방 전역에 내렸다. 지금은 완전히 고요하다. 하늘은 눈부시게 반짝거리고, 산비탈에 이르기까지 온 시야가 투명한 빛으로 가득하다. 두 강줄기의 수면에 잔물결이 넘실댄다. 때때로 소용돌이 거품이 수면 위로 춤추거나 물고기 떼가 소리 없는 애무처럼 수면 아래를 휘젓는다. 느리게 떨어지는 나뭇잎들이 산소마스크 아래 내려앉은 황혼 속에서 끊임없이 바스락거리고, 꽉 막힌 목구멍에서 가끔씩 끙끙거리는 소리나, 굵은 자갈길을 지나가는 자동차 소리 같은 거친 숨소리가 새어 나오고, 그 소리가 웨이트리스 리키의 잠을 꿰뚫으면, 그녀는 겁에 질린 흐느낌을 두어 번 내뱉고, 어둠 속에서 그녀를 굽어보며 시트를 짓누르는 사악한 그림자를 쫓기 위해 졸린 손을 휘젓는다. 교활하면서도 참을성 있고 온화한 표정으로, 문화회관 벽에 걸린 사진 속에서 여전히 내려다보고 있는 베를 카츠넬손은, 꽤나 우회적인 방법으로 신중한 결론에 도달하는 법을 알고 있었다. 이건 수지가 맞지 않는 장사이고, 여기 이 모든 것이 우습고 끔찍하다는 결론.

❦

안은 여전히 무덥고 축축하고 밖은 칠흑같이 어둡다. 저자는 마지막 담배에 불을 붙이고, 잠시 후면 잠자리에 들 것이다. 새벽 4시의 소리들이 창턱을 넘어 그에게 다가온다. 잔디밭에서 스프링클러 돌아가는 소리, 주차된 차가 더 이상 외로움을 참지 못하고 내지르는 스타카토 경보음, 옆집 아파트의 남자가 벽 너머에서 낮게 흐느끼는 소리, 어쩌면 여러분과 내가 보지 못하는 은밀한 것을 일찌감치 볼 줄 아는 밤새 한 마리가 근처에서 날카롭게 울부짖는 소리. 이봐요, 체파니아 베이트할라크미란 이름을 들어 봤나요? 『삶과 죽음의 시』는? 못 들어 봤다고요? 그는 한때 이곳에서 아주 유명했던 시들을 쓴 이류 시인이었어요. 하지만 그의 시들은 세월이 흐르며 잊히고 말았어요. 신랑과 신부가 나란하다고 잘못 얘기한 시인이었죠. 이제 밤새는 울

159

부짖음을 멈췄고, 나는 침대 머리맡에서 나를 기다리던 석간신문에서, 어제 아침 이른 시각 라아아나 시에서 그 시인이 아흔일곱의 나이로 잠을 자던 중 심장마비로 사망했다는 기사를 읽는다. 이따금 무슨 일이 벌어지고 있는지 확실히 알기 위해 불을 켜는 것도 가치 있는 일이다. 내일도 무덥고 축축할 것이다. 그리고 사실, 내일은 오늘이다.

등장인물

저자

리키 웨이트리스. 브네이 예후다 축구팀의 후보 골키퍼 찰리와 한때 사랑에 빠졌다. 찰리는 그녀를 다정하게 고곡이라 불렀다.

찰리 브네이 예후다 축구팀의 후보 골키퍼. 리키와 루시를 에일랏에 데려가 달콤한 시간을 보냈다. 지금은 홀론에, 사이프러스로 수출도 하는 태양열 온수기 제조 공장을 소유하고 있다.

루시 파도의 여왕 선발 대회 준우승자. 그녀도 에일랏에서 찰리와 달콤한 시간을 보냈다. 결국 그녀는 이스라텍스 직원이었던 오바디야 하잠의 아들과 화려한 결혼식을 올렸다.

미스터 레온 갱단의 심복. 덩치가 좋고 으스댄다.

슐로모 호우기 미스터 레온의 짝패. 갈수록 세상사를 이해할 수 없게 된다.

오바디야 하잠 한때 이스라텍스에서 일했다. 파란 뷰익을 몰았다. 친한 친구 여럿과 러시아에서 온 이민자들을 태우고 돌아다녔다. 지금은 암으로 입원했고, 아무도 소변 주머니를 비워 주지 않는다.

슈니아쇼르와 채석장 공격의 일곱 희생자 슈니아쇼르는 기계공이자 몽상가이자 포크송 작곡가였다. 1937년 유대인들을 이 땅에서 몰아내기로 결심한 아랍 청년들에 의해, 텔하존 채석장에서 다른 일곱 노동자와 함께 살해당했다. 저자가 독자들을 만나는 문화회관의 이름은 여기서 따온 것이다.

예루캄 슈데마티 지역 문화국장. 슈니아쇼르와 채석장 공격의 일곱 희생자 문화회관을 운영한다. 우표의 풀칠된 면을 혀 전체로 핥기를 좋아한다. 건강이 좋지 않다.

랍비 알터 드루야노브 『농담과 재담의 책』의 저자.

로셀 레즈닉 전문 낭독자로, 유명한 작가들의 글을 소리 내어 읽는다. 전 세계 유명 호텔들의 성냥갑을 수집한다.

야키르 바르오리안 (지토미르스키) 문학 평론가. 홀아비. 그의 외동딸은 엘론 모레 정착촌의 유명한 정착민과 결혼했다.

체파니아 베이트할라크미 시인. 내가 아는 한 그의 본명은 아브라함 (부멕) 슐덴프라이다. 『삶과 죽음의 시』의 저자. 한 가지 문제에 관한 한 틀렸다.

베를 카츠넬손 문화회관 벽에 걸린 사진 속의 인물. 교활하지만 온화한 표정을 띠고 있다.

미리암 네호라이트 문화 애호가. 끈적끈적한 과일 절임을 만든다. 같은 주택 단지에 사는 아이들은 공포의 미라라고 부른다.

예키엘 네호라이 미리암 네호라이트의 남편. 9년여 전 몬테비데오에서 이스라엘 간첩으로 일하던 중 차에 치여 죽었다.

유발 다한/도탄 아주 젊은 시인. 행복하지 않다.

페사크 이크하트 박사 퇴직 교사이거나 퇴직한 지역 교육부 차장. 오늘날의 문학적 경향에 대해 애매한 견해를 갖고 있다.

오시야 삼촌 피아노 조율사. 페인트공. 오래전에 (당시 어린아이였던) 저자를 포그레빈스키 형제의 약국에 남

하고 그들에게 언제 웃을지, 언제 움직이지 말지를 지시한다.

미리암 네호라이트의 고양이 사진사의 말을 듣지 않고 사진을 찍을 때 움직였고, 그래서 꼬리가 서너 개 달린 것처럼 찍혔다.

미리암 네호라이트의 결혼한 두 아들 뉴욕에 사는 산부인과 의사. 한 명은 리사베타 쿠니친의 딸과 결혼했다.

예루캄 슈데마티의 형의 손녀 만 14세 6개월인 그녀에게 예루캄 슈데마티는 아직도 유치한 수수께끼를 낸다.

예루캄 슈데마티의 의사 형 예루캄 슈데마티에게 현재 앓고 있는 혈액 질환에서 회복할 가능성이 희박하다고 말했다.

미스터 레온과 슐로모 호우기의 아내들(각각의 아내들이다) 텔레비전에서 나오는 영화가 마음에 들지 않아 주방으로 물러나 있다.

아라드, 2006

현실과 허구의 흐릿한 경계에서

　2천 년 동안 유대인은 자신들의 등 뒤에 가해지는 채찍이라는 형태로만 무력을 인지했다. 최근 몇 십 년 동안 우리 유대인들은 스스로 무력을 휘두를 수 있게 됐다. 그러나 이 힘은 반복해서 우리를 중독시키고 있다. 반복해서 우리는 우리가 맞닥뜨리는 모든 문제를 힘으로 해결할 수 있다고 상상하고 있다. 큰 망치를 가진 사람에게는 모든 문제가 못처럼 보인다는 격언이 있다.

　국가가 수립되기 전 시기에 팔레스타인의 유대인 주민들은 대부분 무력의 한계를 이해하지 못했고, 어떤 목적이라도 무력으로 성취할 수 있다고 생각했다. 다행히도 이스라엘 초창기의 다비드 벤구리온이나 레비 에슈콜 같은 지도자들은 무력에는 한계가 있고 그 경계를 넘어가지 않도록 신중해야 한다는 것을 잘 알고 있었다. 그러나 1967년 6일 전쟁 이후 이스라엘은 군사력에 집착하고 있다. 그 주문은 〈힘으로 할 수 없는 것은 더 큰 힘으로 할 수 있다〉는 것이다.

이스라엘의 가자 지구 봉쇄는 이런 견해의 하나이다. 이는 하마스는 군사력으로 패퇴시킬 수 있다는, 더 일상적인 말로 하면, 팔레스타인 문제는 해결되기보다는 분쇄돼야 한다는 잘못된 가정에 기원한다. 그러나 하마스는 단순히 테러 조직이 아니다. 하마스는 하나의 이념이다. 많은 팔레스타인 주민들의 고립감과 절망감으로부터 성장한 필사적이고 열광적인 이념이다. 어떤 이념도 힘으로, 봉쇄로, 폭격으로, 탱크로, 해병 특공대로 패퇴시킬 수는 없다. 이념을 패퇴시키려면 더 나은 이념을, 더 매력적이고 수용 가능한 이념을 제시해야 한다.

2010년 6월 아모스 오즈가
「한겨레신문」에 기고한 칼럼 중

아모스 오즈는 올해도 노벨 문학상 후보에 올랐다. 비록 상을 받지는 못했지만 문학을 사랑하는 많은 사람들이 그가 10년째 후보에 올랐던 것처럼 내년에도 내후년에도 후보에 오를 것이라 쉽게 예상한다. 그는 세계적인 베스트셀러 작가이고, 페미나상, 이스라엘 문학상, 괴테 문학상, 프랑크푸르트 평화상 등을 수상했다. 많은 사람들이 그를 천재로 인정한다. 또 위의 인용에서 알 수 있듯이 그는 팔레스타인 문제에 평화적이고 합리적인 〈두 국가 해법〉을 제시하는 지식인이자 교수이다. 그의 길지 않은 소설 {삶과 죽음의 시}는 아모스 오즈라는 인물의 그러한 면면을 느끼게 해준다.

이스라엘 작가 아모스 오즈는 이 영리한 소설에서 글쓰기 또는 소설적 상상을 무대 삼아 삶과 죽음의 이중주를 연주한다. 소설의 주인공은 이름을 밝히지 않은 〈저자〉이다. 자신의 신간을 소개하는 문학 행사에 참석하기 위해 텔아비브에 도착한 저자는 행사를 기다리는 동안 지루함을 달래기 위해 이 도시에서 마주치는 사람들에 대한 즐겁고 음험한 상상을 펼치기 시작한다. 현실에서(물론 소설 속 현실에서) 그는 카페에서 웨이트리스와 두 남자를 만나고, 행사장에서 문화국장, 전문 낭독자, 문학 평론가, 다수의 청중을 만나고, 행사후 다시 예쁘지만 매력적이지 않은 전문 낭독자를 만나고, 마지막으로 도시 외곽의 건물 옆에서 야간 경비원을 본다. 이들은 저자와 별 관계가 없고, 저자와 아주 작은 시공간을 공유할 따름이다.

그러나 저자는 이 빈약한 틀에 상상의 거미줄을 쳐 가며 새로운 이름과 새로운 인물을 만들어 내고, 그 인물들을 중첩시키며 그들 사이에 혹은 그들과 자신 사이에 그럴듯한 관계들을 직조해 낸다. 그는 집요하면서도 영리하고 흥미로우면서도 진지한 상상을 통해 현실과 허구의 경계를 자유롭게 넘나들면서 텔아비브라는 현대 도시에서 살아가는 사람들의 삶과 죽음 이야기를 계속 부풀려 나간다. 그리고 저자가 능숙하게 넘나들기를 반복할수록 우리는 그 경계를 분간하는 데 더욱 애를 먹는다. 우리는 저자가 이끄는 대로 몽롱한 새벽까지 안개에 싸인 텔아비브를 방황하다, 도시의 길들이 어둠에 잠긴 들판 속으로 사라지는 황량한 경계에 이른다. 마치 도시와 황무지를 가르는 그 애매하고 쓸쓸한 경계가 실제와 상상, 추함과 아름다움, 희망과 절망, 삶과 죽음을 가르는 흐릿한 경계라는듯이.

이 모든 상상에서 저자는 하나의 전복을 꿈꾼다. 공동체적 이상이 허물어진 현대 도시 텔아비브와 그 안에서 사는 사람들의 삶은 쓸쓸하고, 애처롭고, 허무하고, 심지어 절망적이다. 삶과 사랑과 행복은 덧없이 끝나고, 기대와 희망은 도시의 경계를 넘어 황무지 속으로 사라지고, 삶은 죽음의 손을 맞잡고, 아니 죽음이 삶의 손을 맞잡고 탱고를 춘다. 눈에 보이는 풍경과 삶은 대부분 추하고 비속하고 비극적이다. 그러나 저자는 집요하고도 번뜩이는 상상을 통해 추함 또는 비속함의 밑바닥을 들여다보고, 그 가장 깊은 곳에 성찰의 그물을 던져 진정성을 낚아 올린다. 그때 두 개의 상반된 가치가 일순간 전복되고, 그 틈새에서 기이한 아름다움이 새어 나온다. 직업을 잃고 병든 노모와 사는 아놀드 바르톡의 삶은 누추하기 이를 데 없다. 그러나 그의 추한 삶은, 병든 노모의 대소변을 받아 내고 창문도 없는 밀폐된 공간에서 병든 노모와 한 매트리스 위에서 한 이불을 덮고 무더위와 모기를 견디는 기이한 힘, 밤마다 글을 쓰며 영생에 관심을 기울이는 괴팍한 고집과 의지를 그 밑바닥에 감추고 있다. 또 왕처럼 호사스럽게 살다 중병에 걸려 말기 환자 병동에 누워 있는 오바디야 하잠의 이야기도 임종의 순간에 어렴풋이 떠오르는 몇 개의 손들과(죽어 가는 노인의 몸을 애무하듯 쓰다듬는 젊은 여자들의 손이라니!) 마지막 환상을 통해 죽음 너머의 세계를 설핏 내비친다. 그 세계는 얼마나 밝고 평화로운가. 물론 바르톡의 유쾌한 궤변에 따르면, 죽음의 짝은 삶이 아니라 성(性)이지만.

도시의 끄트머리에서 저자는 문학에 대한 진지한 사색과 성찰을 풀어낸다. 저자는 관찰자적 자세를 선언하고 긴장과 모순의 거리를 유지해야 한다고 말한다. 〈그는 그들을 건드리지 않고 건드리기 위해, 또 그들이 그를 실제로 건드리지 않고 건드릴 수 있도록 계속해서 그들을 지켜보며 글을 쓴다.〉 문학의 이유, 문학의 책임, 문학의 방향, 작가의 위치, 시대적 사명에 대해 저자는 밤이 새도록 묻고 또 묻는다. 그리고 저자는 궁금해한다. 과거에 모든 국민이 사랑했던, 희망과 사랑의 시인 체파니아는 아직 살아 있을까? 살아 있다면 어디서 무엇을 하고 있을까? 과거의 낭만적인 유토피아 문학은 공기 좋고 안락한 양로원에서 노년을 즐기고 있을까? 자신이 남긴 과거의 흔적을 즐겁게 음미하면서?

이 모든 것이 의문부호로 남고 문학의 미래, 삶의 미래가 보이지 않아도 우리는 방황을 끝내고 내일을 위해 숙소로 돌아가야 한다. 삶에는 기대할 것이 별로 없고, 내일도 무덥고 축축하겠고, 사실 내일은 오늘이지만, 잠들기 전에 가끔은 불을 켜고 살펴볼 가치가 있다. 혹 거기에 삶의 갈증을 식혀 줄 부고 한 줄이 기다리고 있을지 모르니……

번역 대본으로는 니컬러스 드 랜지Nicolas de Lange가 번역하고 작가 아모스 오즈가 감수한 영국 샤토 앤드 윈더스Chatto & Windus 출판사의 *Rhyming Life and Death*(2009)를 사용하였다.

김한영

옮긴이 **김한영** 강원도 원주에서 태어났다. 서울대 미학과를 졸업했고 서울예대에서 문예 창작을 공부했으며 현재 전문 번역가로 활동 중이다. 옮긴 책으로는 스티븐 핑커의 『언어본능』, 『빈 서판』, 『마음은 어떻게 작동하는가』, 매트 리들리의 『매트 리들리의 본성과 양육』, 대니얼 데닛의 『주문을 깨다』, 커트 보네거트의 『마더 나이트』와 『나라 없는 사람』, 율리우스 카이사르의 『갈리아 전쟁기』, 『카이사르의 내전기』, 세러 브래드퍼드의 『체사레 보르자』 등이 있다. 제45회 한국백상출판문화상 번역 부문을 수상했다.

삶과 죽음의 시

발행일 **2010년 11월 20일 초판 1쇄**

지은이 **아모스 오즈**
옮긴이 **김한영**
발행인 **홍지웅**
발행처 **주식회사 열린책들**

경기도 파주시 교하읍 문발리 499-3 파주출판도시
전화 031-955-4000 팩스 031-955-4004
www.openbooks.co.kr

Copyright (C) 열린책들, 2010, *Printed in Korea*.
ISBN 978-89-329-1066-6 03890

이 도서의 국립중앙도서관 출판시도서목록(CIP)은 e-CIP 홈페이지(http://www.nl.go.kr/ecip)에서 이용하실 수 있습니다. (CIP제어번호 : CIP2010003961)